AF362018

Mitos y Leyendas de Nuevo León

Homero Adame

"La memoria colectiva es ahistórica.
Podría decirse que la memoria
popular restituye al personaje
histórico de los tiempos modernos
su significación de imitador del
arquetipo y de reproductor de las
acciones arquetípicas."

Mircea Eliade

Contenido

Leyendas de tesoros

Presentación

Contar historias, sea a manera de leyendas, anécdotas, remembranzas familiares, rumores o, incluso, chismes de vecindario es un fenómeno social propio del ser humano; fenómeno que tiene sus orígenes *in illo tempore*, es decir, desde un pasado tan remoto que no sabemos desde cuándo. En la actualidad mucho se dice, se debate y se analiza que la tradición oral está en peligro de extinción debido a los medios electrónicos de comunicación, como la televisión en un pasado reciente y ahora más con las redes sociales que han alejado a la gente de las reuniones nocturnas, de las charlas y de la costumbre de transmitir, de manera verbal, el conocimiento, las consejas, los decires y las creencias que incluyen los mitos y las supersticiones. Esto es cierto en gran medida, aunque también debemos considerar que tal forma de expresión siempre continuará vigente porque, al fin y al cabo, el compartir experiencias con los demás es un don inherente al ser humano y cada individuo tiene su cuento que contar, aunque lo haga o trate de hacerlo mediante un escrito tan breve como un X (antes llamado tuit) o un video de TikTok tan insulso como mal logrado.

Recopilar historias, por su parte, no es algo que con toda integridad podamos hacer a través de X o de breves mensajes de texto. Las historias hay que contarlas, escucharlas y, así, recopilarlas. Tal vez parezca una tarea fácil, pero es en realidad muy laboriosa ya que no es tan sólo ponerse a transcribir una serie de mensajes bien o mal escritos, o una entrevista o una charla informal tal como fue grabada. Esta labor implica, en una primera etapa, abordar a un informante potencial en su propio contexto social, entablar una conversación, ganar su confianza y abrir conjuntamente las puertas de la memoria individual o colectiva y, de tal modo, introducirnos a un mundo fantástico y pletórico de vivencias, creencias y contextos de otros tiempos, a los cuales tanto el narrador como el escucha quizá jamás tuvieron acceso salvo mediante esta misma forma de comunicación. Luego viene la segunda etapa: seleccionar y transcribir el material recopilado. Concluido este proceso sigue el de editar el material seleccionado y transcrito, pues muchas veces es necesario eliminar las repeticiones, las muletillas propias del habla de cada quien o/y la verborragia.

Con el propósito de mantener el sabor propio de la narración, y con la aprobación de grabar la plática, para este libro decidí utilizar el apóstrofo y con ello juntar palabras tal como suenan en el habla (d'ese, l'historia, *no'mbre*, qu'es, etc.). También decidí incluir palabras mal pronunciadas, marcadas en cursivas, y palabras que son comunes en el lexicón norestense, pero desconocidas en otras partes del país. Esas van con * y llevan una nota al pie de página.

El libro, que tiene como antecedente dos obras mías publicadas simultáneamente por Editorial Font en octubre de 2005, *Mitos cuentos y leyendas de Nuevo León* y *Leyendas, relatos, costumbres y tradiciones de Nuevo León*, incluye algunas historias previamente publicadas y muchas otras hasta ahora inéditas, escuchadas en varios municipios de Nuevo León. El libro abre con una sección de mitos y leyendas relacionadas con la fauna regional. Aquí es importante señalar que no todos los animales fabulosos del imaginario o del bestiario universal tienen conexión alguna con los mitos o las religiones de la historia humana ni forman parte de algún sistema de mitología como el ATU (sistema de tipos y clasificación Aarne-Thompson-Uther). Muchas de esas criaturas —el chupacabras, por ejemplo— son consideradas no como mitos sino como leyendas contadas por viajeros y trotamundos. Lo mismo ocurre con los quiméricos tesoros o con los pueblos fantásticos del imaginario colectivo; en Nuevo León tenemos muchos ejemplos así, principalmente de tesoros, siendo otro de los capítulos que conforman este libro.

En alusión a una parte del título del libro, y tomando como referencia lo que dice Joseph Campbell basado en los arquetipos de la psicología analítica formulada por Carl Jung, el MITO no es un relato fantasioso porque su propósito es explicar el comportamiento de estructuras psíquicas que no pertenecen a un solo individuo, sino que son compartidas por un grupo, por un pueblo o, incluso, por toda la humanidad. Y añade Campbell en su obra *Los mitos, su impacto en el mundo actual**: "Durante toda mi vida como estudioso de las mitologías he trabajado con esos arquetipos, y puedo decirles que existen y son los mismos en todo el mundo. Están diferentemente representados en las diversas tradiciones; como, por ejemplo, en un templo budista, en una catedral medieval, en un zigurat sumerio o en una pirámide maya. Las imágenes de divinidades varían en las diferentes partes del mundo de acuerdo con la fauna, flora, geografía y rasgos raciales locales. Los mitos y ritos tendrán diferentes interpretaciones, diferentes aplicaciones racionales, diferentes costumbres sociales a fin de convalidarse y reforzarse. Y aun así, las formas e ideas arquetípicas y esenciales serán las mismas, a menudo asombrosamente parecidas. Y entonces, ¿qué son? ¿Qué representan?".

En breve: los MITOS son un compendio de experiencias y saberes acumulados, desde tiempos inmemoriales, que se transmiten a través de metáforas, de símbolos; son enseñanzas que explican nuestra razón de existir y que nos permiten llevar una vida plena sin importar la situación en la que nos encontremos.

Por su parte, la LEYENDA es un relato corto que tiene su origen en el cristianismo con las lecturas y narraciones orales que servían para exaltar las vidas y obras de los santos y mártires. Sin embargo, la LEYENDA evolucionó al tomar otro giro, el secular, cuando a los relatos se les añadieron elementos de mitología, se incluyeron hazañas de personajes populares, experiencias del entorno, fenómenos naturales, creencias sobre animales, supersticiones y más. Aunque muchas veces las LEYENDAS parecen ser exclusivas de un lugar, lo cierto es que también podemos encontrar paralelismos en el folklore de otras partes del mundo. Tanto el imaginario como el

---

* https://cualia.es/joseph-campbell-la-mitologia-como-viaje-interior/

significado de tales paralelismos universales son muy evidentes y demasiado numerosos como para que sean considerados como fruto del azar.

Para concluir reitero lo dicho en otras publicaciones: es mi más caro deseo que este trabajo, aparte de compartir historias del pasado o vigentes que siguen contándose como si fueran del presente, sirva como adalid para que otros investigadores y contadores de historias se tomen el tiempo y conserven viva la flama de nuestra oralidad y cuenten sus historias a *viva voce* y, por qué no, las plasmen en papel o las publiquen en libros, blogs u otros medios para que, así, sean legadas a generaciones futuras. También espero que trabajos y libros posteriores sean mucho mejores y encuentren más lectores ávidos de esta riqueza cultural.

Homero Adame
SLP: primavera 2026

Mitos y leyendas de animales

LIBROS DE LEYENDAS DEL MISMO AUTOR:

*Historias y leyendas de San Miguel de Allende / **Stories and Legends of San Miguel de Allende***. Edición bilingüe / ***Bilingual Edition***. 1ra. edición: SMA, Guanajuato. 2025.

Mitos y leyendas del norte de México. 1ra. edición: CdMx. 2024.

Misterios – leyendas de San Luis Potosí. 2da. edición: SMA, Guanajuato. 2024.

Haciendas del Altiplano. Historia(s) y leyendas. Tomo I. Grandes latifundios virreinales. 2da. edición: SMA, Guanajuato. 2024.

Mitos y leyendas de huachichiles. 2da. edición: SMA, Guanajuato. 2024.

Creencias, mitos y leyendas de animales. 2da. Edición: SMA, Guanajuato. 2024.

Haciendas del Altiplano. Historia(s) y leyendas. Tomo II. De la Independencia a la Revolución. 2da. edición: SMA, Guanajuato. 2023.

Mitos, relatos y leyendas de todo San Luis Potosí. 2da. edición: SMA, Guanajuato. 2023.

Mitos, cuentos y leyendas de Nuevo León. Regiones Citrícola y Sur. 1ra. edición: Guadalajara, Jalisco 2022.

Leyendas de todo México. Aparecidos y fantasmas. Editorial Trillas. México. 2016.

Mitos y leyendas de todo México. Editorial Trillas. México, D.F. 2010.

Los títulos subrayados están disponibles en Amazon, en la categoría "Biblioteca Homero Adame".

ALICANTRES

Cerralvo

¿Y sí ha oído de las serpientes que les chupan la leche a las mujeres qu'están amamantando bebito? ¡Uh, también es verdad! A nosotros no nos ha tocado ver eso, pero por ahí luego platican cosas d'esas.

Mire, la cosa es qu'existe una serpiente, o mejor dicho un *alicantre*, así de cortito —creo qu'es de color medio *verdión*— qu'es muy mañoso. Él sabe dónde hay leche calientita de mujer, y calladito, calladito se mete a las casas donde hay bebito y s'escond'en cualquier rincón par'esperar que sea l'hora en que la madre va darle la lechita al crío.

Nomás en comenzando el niño a llorar, la mujer lo carga en brazos y le da teta. Luego, de rato, el *alicantre* se arrima sigiloso, sigiloso, y se le prende a la chichi de la mujer cuando ella s'está quedando dormida...

[...] No, no. El bebito no llora porque lo que hac'el mañoso *alicantre* es meterle su cola en la boquita de él para que s'esté calladito, como si en verdad estuviera chupando teta o chupón; y por mientras el *alicantre* se toma la leche. ¡Así es de astuto ese animal!

Martín de la Cueva Barrera

Rayones

Mi mamá cuenta que en Rayones se dio eso del *alicantre*, una víbora chiquitilla, mañosa, de color creo que amarillo. Una muchacha iba a ordeñar las vacas y el *alicantre* la hipnotizaba para chuparle las chichis a ella y también a las vacas. La muchacha se puso mala porque estaba alicantrada, no comía, se puso flaca de a tiro. La llevaron a la clínica y el médico vio que en las chichillas tenía ella los chupetones de víbora y supo que eran de un *alicantre*. Les dijo a los papás de ella y el papá fue al establo con un machete y se escondió. Llegó la muchacha a ordeñar la vaca y ya estaba el *alicantre* bien prendido de las chichis de la vaca. Luego hipnotizó a la muchacha y empezó a chuparla a ella también. El papá de ella se acercó despichadito* mató de un machetazo a esa viborilla atascada**. La muchacha siguió triste —estaba alicantrada—, y la llevaron con una curandera en Montemorelos hasta que la curó de eso.

Hilario Luna, vecino de Monterrey

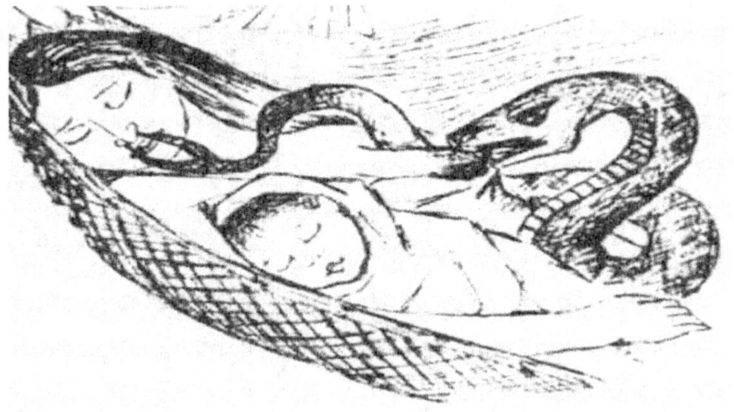

Llamada cencuate, cuncate o tilcuate en el centro del país, el alicante o alicantre, *como se pronuncia en el Noreste, es una serpiente considerada muy venenosa por unos o simplemente depredadora de roedores, por otros. Todo depende de cuál especie se trate. El reptil que se amamanta de leche humana o de vaca, según el folklore mexicano, es el* Pituophis deppei *que tiene su hábitat en el norte y centro de México. En el habla rural del Noreste se utiliza el adjetivo "alicantrada" para definir una mujer o vaca que da de su leche a un alicantre, mientras que en las zonas del Altiplano se dice "ungrida".*

*   Sigiloso
** Mañosa

El catán

Linares

Aquí en esta presita (Las Adjuntas) hubo mucho caimán*. Una vez que yo andaba de pesca sacamos uno que s'enredó en la red. ¡Ah, sustonón que nos pegó el *desgraciao*! Levantamos la red y el animalón nomás coleteaba y abría el hocico como queriendo morder lo que fuera. Con el remo le dimos de madrazos hasta que lo matamos.

Era así, grande y feo como él sólo. ¡Ah!, pero estaba muy raro porque no era como el cocodrilo que uno ha visto en las películas. Tenía el hocico de cocodrilo, y dientes filosos y el cuero también era como de cocodrilo, pero no tenía patas ni cola larga; en vez d'eso tenía cola de pescado.

Quién sabe si ese que me tocó matar era un injerto** de pescado con cocodrilo o qué. Pero luego decían que había muchos d'esos, aunque ya se han de haber acabado porque ya nadie cuenta que los haya visto. Y no, ese que maté no me lo comí ni nada. *No'mbre*, estaba tan feo el móndrigo que de seguro era venenoso. No, *pos* por eso lo tiré, pero luego pienso: "Ah qué bruto fui, lo hubiera guardado ya seco p'enseñarlo a la gente, pa' mostrarles que sí me tocó matar un monstruo d'esos."

¿Sabe dónde sí dicen que todavía abundan esos injertos? En la presa de Padilla (Tamaulipas). Yo he pescado mucho allá, pero no he visto el animalón ese que l'estoy diciendo.

Julián Villarreal Mendoza

---

* El narrador seguramente se refería al catán o pejelagarto.
** Mutación.

Considerado como un fósil viviente, el catán (Atractosteus spatula) es un pez endémico de América del Norte y el de mayor tamaño en aguas dulces mexicanas. También llamado "manjuarí" o "pejelagarto", según la especie, por su preciada carne se reproduce en acuacultivos y se siembra en presas del Noreste. Sin embargo, la sobrepesca tanto comercial como deportiva han provocado la disminución de las poblaciones o incluso se han acabado en determinados lugares, como en el ejemplo expuesto por el narrador de este relato.

Sin estar catalogado como un motivo de mitología universal ni tampoco como parte del folklore mexicano, por su aspecto y comportamiento agresivo el catán ha dado pie a creencias en algunas partes del país.

El cazador enviciado

Hualahuises

Pos así le digo, mi amigo, hay gente que agarra algún vicio, y los vicios no son buenos. Ya ve, cuántas personas no han perdido todo por la baraja, o los gallos, o qué sé yo; hasta la vieja apuestan y se quedan encuerados, ¿eh? Pero por acá en la sierra hay otro tipo de vicio, uno qu'es más malo qu'el de la *ciudá* porque aquí no está uno tratando con humanos, sino con la naturaleza; y la naturaleza cobra rápido y muy caro.

Mire, había por aquí un muchacho que se llamaba Neto Platas que le dio por ir de cacería todos los días. No había tarde que no llegara con un pinto rabo*, un gato, un tigrillo o lo que fuera. Claro qu'él iba en busca de *venaos*, pero si no los hallaba *pos* le tiraba a lo que se moviera. Y era bueno pa' la cacería, pa' que le voy a decir que no, pero mataba tanto animal que un día *pos* le tocó las de perder.

Salió Neto muy de madrugada rumbo al cañón ese que se ve allá y en veces iba hasta los rumbos de Rayones. Esa mañana estaba así como guariando. Ya bien entrado en el cañón, Neto vio un *venao* grande, ¡cacaistlón!, y que levanta la máuser —muy serruchiva la bala de la máuser— y ¡palo *fregao*!, que le tira un tiro, y el *venao* nomás se acercó tantito. Cortó de nuevo y ¡pum! El *venao* se acercó tantito más. *Pos* no va creer que Neto le tiró tres veces y le sonó las tres veces, pero el *venao* se acercaba más y más, y cuando ya'staba bien cerquita le brincó por encima de la cabeza; no le pegó con las pezuñas ni nada, nomás lo asustó. Sí, Neto se asustó de veras y desd'entonces dejó de matar animales; ni pa' comer siquiera.

Neto se compuso *pos* le llegó la hora mala y pagó con el

---

*   Nombre regional de la comadreja.

susto de su vida. Eso fue hace como treinta años, pero él ya no vive... se fue hace mucho.

Eusebio Sustaita, campesino

*Para la mitología universal y el folklore de la mayoría de los pueblos, el venado (*Cervidae sp.*) es un animal benefactor por excelencia. En algunas leyendas de los bosques y montes de México y América Central se cuenta con frecuencia acerca de un cazador pobre que hace enojar al espíritu maestro cuando caza muchos animales. En muchos casos, la leyenda dice que el cazador es llevado a la casa del espíritu maestro, debajo de una montaña, y como castigo no se le permite salir sino hasta que haya curado a todos los animales que ha herido. Sin embargo, en las leyendas serranas de esta región de Nuevo León el desenlace es distinto. Cabe añadir que en el Noreste del país, el venado común es el cola blanca (*Odocoileus virginianus*).*

EL CHUPACABRAS[*]

Doctor Arroyo, San Isidro de Fernández

¿Se acuerda cuando hace varios años traían ese brete del chupacabras que hasta en las noticias de la tele lo sacaban? Bueno, en esos entonces aquí todos platicaban de eso, que por ahí andaba el chupacabras. Decía la gente que'l chupacabras por ahí andaba p'abajo, pero nunca lo vimos, nada más nos lo *imaginábanos* porque decían qu'era un animalón con unas alotas y unos ojotes bien grandes. Nosotros nos *imaginábanos* como que volaba así porque si dicen que tenía alotas es porque volaba como pájaro. También decían que chupaba a la gente y que chupaba a otros animales de ganado mayor. Luego dejó de oírse eso y que yo *haiga* sabido aquí no mató ningún animal, pero p'allá p'abajo sí, mató muchas cabras. Por el pescuecillo les chupaba la sangre y las dejaba secas de a tiro.

Pero eso no es cosa nueva, no es cosa de cuando anduvieron diciendo en la radio y que hasta en la tele salió. Este asunto es una plática muy vieja porque ese animal siempre ha vivido por los rumbos de la sierra, pasa volando y les chupa la sangre a las cabras o a una persona si los encuentra descuidados. Ha de ser como el vampiro, pero agarró fama con el nombre de chupacabras. Dejó de oírse de ese animalón en la radio, porque ya no es noticia, pero ese animal debe seguir por ahí; y no es uno, es un animal muy reproducido, haga de cuenta un coyote o un león que hay muchos de ellos, y los chupacabras también son muchos.

Antonio Carrizales, campesino

[*] Esta leyenda fue publicada originalmente en *Creencias, mitos y leyendas de animales*. Secretaría de Cultura del estado e San Luis Potosí. 2015. La 2da. edición fue lanzada en 2024 y está disponible en Amazon.

Hacia finales del siglo XX, el chupacabras fue gran noticia en los medios nacionales. Causó tal conmoción que se reportaron casos de ataques en varias entidades del país. La cobertura amarillista que le dieron tanto la prensa como la televisión ayudó para que se expandiera la creencia e incluso el pánico de la existencia un animal misterioso y sobrenatural que se alimentaba de la sangre del ganado, principalmente el caprino. Como suele suceder, también surgieron los detractores, quienes negaron la existencia de dicho animal, pues jamás se atrapó a uno y, por ende, no hubo pruebas. La noticia dejó de ser sensacional y pasó al olvido. Sin embargo, en algunas comunidades serranas todavía lo mencionan, pero no como una criatura sobrenatural que haya salido de pronto y de la nada, sino como un animal misterioso y depredador que siempre ha existido.

El pavo real

Agualeguas

Aquí la gente cuenta y dice y cree muchas cosas. Unas serán verdad y otras serán mentira. Quién sabe de dónde provengan esas habladurías, pero uno las escucha de sus padres y ellos de los suyos y más p'atrás. Entonces ya se hacen costumbre y la gente las da por verdad, ¿eh?

Mire, el pavo real es un animal raro. No es como el cócono del monte o el guajolote que uno cría en el traspatio o en la huerta. No. El pavo real tiene algo diferente. Ha de saber él que su color es bonito, que su cresta es bonita, que su plumaje es bonito. No sé, es como si se creyera más que los demás. Ahí lo ve uno, pavonéandose como él solo; a su pareja ni la pela. Cuando uno le da de comer hasta le hace el feo a la comida, y se aleja, moviendo su cola así, así como abanico.

Cuando se enoja levanta la cola, y la agita de una manera muy curiosa. Es como si aventara algo; algo... no sé, como un polvo o un chisguete de un líquido o algo porque a cualquier animal le entra el miedo y se va despavorido.

Pero todo tiene su lado oculto, y le voy a platicar unas cosas que la gente de siempre ha pensado de los pavos reales. Mire, primero se cuenta que si alguien cría pavo reales en su casa, la mala suerte le va caer de alguna forma. Si usted está soltero, soltero se queda, si está casado, a lo mejor la vieja se le va o se queda viudo, que p'al caso es lo mismo. Entonces, el pavo real es de mal agüero.

Otras creencias dicen que la pluma de la cola del pavo real es el ojo del diablo. Verá, si se fija bien, se dará cuenta que en la punta de la pluma se forma una manchita oscura, y ese es el mero ojo del diablo. Si usted tiene de esas plumas en su casa, el diablo lo vigila todo el tiempo y sabe qué cosas buenas hace, y las malas también, y así se da cuenta de las debilidades de uno y sabe cómo tentarlo.

Ah, pero le voy a platicar. Hay otras gentes que afirman que la pluma de la cola del pavo real ahuyenta a los malos espíritus. Entonces aquí uno se pregunta, ¿cómo está eso, si son el mismo ojo del diablo y el diablo es el mero jefe de los malos espíritus? Como que no, ¿eh? Pero por algo han de ser las cosas.

Según esto, si usted le corta a un pavo real cuatro plumas y las pone en cruz en la puerta de su casa, ningún espíritu chocarrero, ni siquiera el demonio mismo, se meterá en su casa, y con eso queda a salvo del maligno.

Algo habrá de cierto en todo esto, aunque uno nunca sabe porque, como le digo, la gente piensa y cuenta muchas cosas. Pero por no dejar, yo desde hace muchos años tengo cuatro plumas de pavo real en cruz y nunca he tenido problemas con brujerías, con envidias o con ánimas chocarreras.

Valentín Lozano, comerciante

----

*El culto al pavo real (*Pavo cristatus*) in illo tempore ha sido recurrente en muchas culturas, como la india o la griega, donde se le trataba como un ser sagrado. En otras culturas se cree que las plumas curan enfermedades. Sin embargo, en el folklore europeo, las plumas son de mala suerte y el grito del pavo real es señal de mal agüero. Algunas de las creencias o supersticiones mencionadas en el relato son herencia cultural europea.*

La cueva de Juan Oso

Rayones

—¿Y usted ha oído hablar de Juan Oso, de que vivía por aquí? —le pregunto al señor Ezequiel Guerra, un campesino.

—Eso es lo que dicen, sí, que por aquí vivía el *mentao* Juan Oso. Yo nunca lo *vide*, pero cuentan qu'era un *pelao juerte*, grandote, peludo; que tenía las manos *ansina* de grandotas, y levantaba piedrotas y tumbaba árboles cuando andaba *enojao* y pegaba unos berridos bien gachos. No se juntaba con *naide*, ni hablaba tampoco. Eso de que se robó una mujer de Montemorelos es mentira porque *naide* le conoció mujer ni chamaco.

—¿Pero no cree usted que ese Juan Oso del que habla haya sido el hijo del oso que sí se robó a una mujer?

—*Saaabe*. ¿A poco *usté* cree que un oso y una mujer puedan tener criaturas?

—Pues eso es lo que cuenta la leyenda.

—Mire, verdad o mentira, la cosa es qu'el *mentao* Juan Oso vivía por estos rumbos, y cuenta la gente que la guarida d'él todavía'stá allá en la sierra, en el cañoncito de Pastores (¿El Pastor?) p'adentro. Yo no m'he metido p'esos rumbos porqu'está muy *enmontao* y hay *muncha* víbora, pero las gentes que se meten a cazar han visto la guarida que le digo.

"Según han *platicao*, qu'es com'una cueva con una piedrota grande que *namás* un *pelao juerte* puede moverla pa' tapar l'entrada. La piedrota esa tiene las marcas de las garras del oso —como rasguños han de ser. Adentro de la cueva dicen que hay *ansina* como figuritas pintadas en las *paderes*, y qu'está llena de tizne porqu'el oso prendía la fogata pa' calentar las gordas.

Eso es lo que cuentan las gentes de por aquí, pero la merita *verdá* yo no sé si sea cierto. Mejor busque *usté* a un *pelao* que lo lleve p'allá, pa' que la vea con sus propios ojos y se desengañe.

Ezequiel Guerra, campesino

Juan Oso es un personaje recurrente en las leyendas serranas de Nuevo León y Coahuila. El origen de este ciclo de relatos es europeo, en el cual el héroe cultural es el engendro de un oso y una mujer. Aunque se cree que este motivo llegó a nuestras tierras con la conquista española, es importante apuntar que en la mitología de los kikapúes existe la creencia de que ellos son descendientes de un oso y una mujer. Por tal razón, el oso es el progenitor y se le representa en algunos de sus tótems.*

En el relato aquí presentado tenemos una variante más específica sobre la guarida u hogar de este legendario ser mitad humano, mitad animal.

---

* También auto denominados "kikaapoa", son una tribu originaria del actual territorio centro-sur norteamericano, que en los inviernos se establece en la comunidad de Nacimiento, Coahuila. Este grupo ético y sus coetáneos y vecinos, los mascogos son las únicas etnias vivientes en todo el Noreste de México.

La salamanquesca

Marín

—Así es, la salamanquesca es muy mala. Si viera cuántas cosas se cuentan d'ella. Déjeme platicarle lo que pasó hace ya muchos años; fue por el rumbo de Higueras, según me acuerdo. La cosa estuvo que una muchacha jovencita quedó encinta. Como era muchacha nueva, el papá d'ella se puso bien enojado y hasta la corrió de la casa, pero su mamá se la llevó anca unos tíos pa' que la cuidaran. La chamaca juraba qu'ella no había tenido nada que ver con algún muchacho, pero nadie le *creiba*. Cómo iba a ser, si la miraban *ansina* de panzona.

"A eso de los dos meses se puso más y más panzona, como si ya'stuviera lista p'aliviarse, y los tíos se la trajeron acá a la clínica de Marín. El doctor la revisó y dijo qu'era mejor hacerle la cesárea p'evitar complicaciones. No me va creer, pero ah sustonón que se llevaron todos en la clínica cuando abrieron el vientre de la muchacha y sacaron un montón de salamanquescas *chiquitías*, recién nacidas. ¿Qué le parece? Es curioso, *¿vedá?* Por eso le digo qu'el animal es'es malo.

—Oiga, y ¿qué sucedió con la muchacha?

—No, *pos* la tuvieron observando muchos días, le dieron antibiótico contra l'infección, la curaron d'espanto y se alivió después. Hast'el papá d'ella le pidió perdón por haberla juzgado mal. Más luego se casó, pero nunca pudo tener familia.

Rosendo Ortiz

- -

En diversas culturas existen mitos relacionados con el llamado "bestialismo", el cual da como resultado seres mitad humano, mitad animal. Por ejemplo, de la cultura olmeca conocemos la combinación humano-jaguar, en la griega aparecen los centauros (producto de humano-caballo) y los minotauros (humano-toro), en las culturas ibéricas existe la combinación de humano con oso, en la egipcia tenemos que los dioses eran aves y, al cruzase con los humanos, procrearon a seres alados, motivo que se repite en la mitología cristiana con los ángeles (mitad humano, mitad pájaro). En fin, los motivos de las combinaciones son muy extensos. Y como extraído de literatura y cine de ciencia ficción y de extraterrestres, tenemos aquí una cuasi simbiosis entre la salamanquesca y la mujer; caso aparentemente inédito dentro de la mitología universal.

Confundida con la salamandra debido a su nombre, cabe apuntar que la salamanquesca (también conocida como geco, cuija o dragó) es un reptil de la orden Squamata, *familia* Gekkonidae *y la especie común es la* Tarentola mauritanica. *En esta región del país son repetitivos los relatos que mencionan que una salamanquesca embarazó a una mujer. En cambio, en el centro y sur del país existen muchos relatos de tal índole relacionados con los tlaconetes (*Bolitoglossa platydactyla*) y los ajolotes (*Ambystoma mexicanum*), ambos anfibios, al igual que la salamandra, pero ésta tiene hábitos más terrestres.*

LECHUZAS Y TECOLOTES

Linares, La Petaca

Las lechuzas son aves de mal agüero, anuncian la muerte —afirma una de las señoras con quienes estaba platicando en la iglesia de La Petaca, comunidad linarense famosa por sus curanderas y brujas. Yo recuerdo que cuando mi papá murió, andaba una lechuza ahí. Y también el día que un tío se estaba *petatiando* la lechuza estaba parada en la barda, cantando. Y es que esos animales son emisarios de la muerte, y cuando alguien va morir, la lechuza canta y se para afuera de la casa del moribundo.

Había un señor que se llamaba don Iginio González que vivía aquí cerca. Cuentan que una vez se le arrimó una lechuza y él se puso a rezar las doce verdades. Y *pos* no cree que se le acercaron más lechuzas y que andaban vuele y vuele arriba, y se prendían de las varillas. Y *pos* se asustó bien requetefeo y no terminó de rezar *pos* tuvo miedo y se fue corre y corre —recuerda otra señora en la misma iglesia del poblado.

Esto yo creo que pasa porque como ellas (las lechuzas) son brujas convertidas, entonces cuando alguien les empieza a rezar las doce verdades, *pos* ellas se tienen que proteger para que no las maten. Por eso llegan a ayudarle las otras viejas esas que andan volando.

Antes platicaban de un señor que tenía un cuervo que lo enseñó a hablar y era el que llevaba los recados a la gente. Iba al tendajo allá en La Petaca y le decía al despachador: "Dice

Martín que si le manda unas tortillas y dos chorizos" y se los mandaban con el mandadero. Ese señor Martín —Martín no sé qué— dicen que era curandero y brujo y que en las noches se convertía en tecolote y se iba a hacer sus cosas. Dicen que alguien le tenía mala fe y trajo a no sé quién y lo tumbaron a Martín rezando las verdades. Es que, sabrá usted, dicen que las brujas se convierten en lechuzas y los brujos en tecolotes.

Vicente González, curandero

----

*Lechuzas y tecolotes son aves rapaces o carnívoras de hábitos nocturnos. Existen en el mundo 11 especies de lechuzas y 120 de tecolotes y búhos. En México hay una especie de lechuza (*Tyto alba*) y 26 de tecolotes y búhos.*

En todo México está muy difundida la creencia del nagualismo, es decir, que algunas personas tienen el poder de transfigurarse en algún animal, siendo las lechuzas y los tecolotes los "favoritos" entre tales personas a quienes se les cataloga como brujos.

Al inicio del tercer relato se menciona muy someramente al cuervo, otra ave con una fuerte carga mitológica. En Nuevo León se han recopilado historias de cuervos entrenados para llevar mensajes o cartas a otras personas, como las palomas mensajeras.

Lo que vuela, a la cazuela

Bustamante

¿Si ha oído usted un dicho que dice "lo que vuela, a la cazuela"? [...] Muy bien, pues mire, le voy a platicar lo que decían las gentes de mi esposo; él creció en Bustamante, pero mis suegros eran allá del lado de Coahuila, rumbo a Monclova, y decían eso de lo que vuela, a la cazuela porque decían que en las épocas antiguas que había muchas carencias y sequías y si no había un conejo o una víbora para cazar, *pos* se comían lo que pasara volando, que la cotona, que la tortolita, que el chico, hasta las urracas se comían. Pero mire que hay pájaros que no son para comer: nadie se come un aura, por ejemplo, porque esos comen carroña y vienen infectados; tampoco la gente come el pauraque porque dicen que el pauraque es un pájaro que Dios lo castigó, no sé por qué lo castigó, pero como está castigado entonces mejor no comerlo; uno come el cócono, o sea el pavo, pero nadie come el pavo real porque dicen que es de mala suerte matarlo y *contimás* comerlo, y tampoco se come la chuparrosa porque cuando esa vuela cerquita de la casa es que ha venido a visitar el ánima de un difunto.

Y así hay otros pájaros como el cuervo, la garza, el tecolote, la lechuza —ay, ni lo mande Dios—, que esos no se los come nadie y menos el murciélago, pero quién sabe, en época de mucha hambre a lo mejor y sí. Y luego está el cardenal… ese dicen que tiene mal genio y que al que lo come le dan agruras, dicen.

Y luego hay unos pájaros que la gente los come porque dicen que son buenos para curar alguna enfermedad. Mire, el paisán*, ¿lo conoce? [...] Bueno, d'ese dicen que cura los

---

* Correcaminos, faisán o paisano (*Geococcyx californianus*).

granos y las ronchas; el halcón que cura la reuma, y el carpintero para quitar el dolor de cabeza, y también las palomas son buenas para curar males, pero dicen que a los pichones les salen gorupos y esos son malos porque si uno come un pichón que esté infectado con gorupos que se le suben a uno al cerebro y se puede uno morir, ¡es lo que siempre han dicho.

Pero como le digo que decían antes: "habiendo hambre, lo que vuela, a la cazuela".

Hortensia Galindo viuda de Vargas

La estrecha relación entre los humanos y las aves es ancestral, se remonta al illud tempus, *el tiempo mitológico, como puede comprobarse en los pictogramas prehistóricos. Las aves han formado parte de la mitología universal y del folklore de todos los pueblos como ha quedado plasmado en las leyendas, las canciones o las supersticiones. Hay aves divinas, malditas, agoreras, naguales, mensajeras, acompañantes, mágicas. Han servido de alimento para los humanos* in illo tempore, *como también han servido en medicina tradicional.*

¿LOBOS O COYOTES?

Montemorelos, El Toro

—Disculpe, ¿dijo que hay lobos aquí en la sierra?

—Sí, hay lobo gris; es parecido al coyote, pero no, uno los conoce bien. Allá p'arriba se da mucho el lobo, aunque casi no baja p'acá.

—¿Pero usted cómo sabe que es lobo y no coyote?

—*Pos* uno distingue bien a los animales. Y es qu'el coyote es pardo y *ansina* de grande, pero el lobo es de otro color, también *ansina* de alto, pero deja la *güeya* distinta. Es inconfundible.

—¿Y nunca le han dicho que el lobo mexicano ya desapareció de estas tierras?

—*Pos* son cosas que dicen los qu'están *estudiaos*, pero ¿a poco uno no va conocer su mundo? El coyote aúlla distinto al lobo. En eso no hay duda.

—¿Y es malo el lobo de aquí?

—No, es igual qu'el coyote. Cuando tienen hambre cazan lo qu'encuentran. Cuando hay épocas de seca bajan y se llevan una gallina si pueden. Pero el coyote es más confianzudo y baja más cerquitas; el lobo no. Mire, yo no creo que sean animales malos, lo que pasa es que cuando tienen hambre tienen qu'encontrar algo pa' comer.

—¿Usted sabe de alguien por aquí que haya cazado un lobo?

—No, es muy difícil dar con ellos. Son escurridizos y se pierden fácilmente entre'l monte. Uno nomás los divisa de lejos y pa' cuando acuerda ya no están. El lobo es muy inteligente.

Manuel Martínez

Los campesinos de cualquier región, dígase montaña, valle, bosque, tundra, desierto, etc., son conocedores empíricos de la flora y fauna de su entorno. Bien podríamos decir que incluso no están ajenos a las manifestaciones sobrenaturales de su mundo, pues cuando afirman algo es porque lo han visto, lo han sentido, han tenido la oportunidad de vivirlo o se los han platicado y lo toman como un hecho. Para la gente de ciudad, en cambio, muchas de las cosas que esos campesinos dicen pueden sonar fantásticas, como es el caso de los lobos, animales salvajes que fueron exterminados de estas tierras hace muchos años.

Mitológicamente hablando, el lobo es un ser dual que en el folklore de algunas civilizaciones es considerado como un héroe cultural, pero en otras como una entidad demoníaca, toda vez que suele ser depredador y en jauría pueden acabar con todo un rebaño, por ejemplo. Asimismo, el mito del hombre-lobo estuvo muy difundido en la Europa medieval.

Por su parte, el coyote es propio de folklore de las tribus de Aridoamérica y es, también, un personaje dual, ya que juega el papel de embustero y embaucador, pero a su vez se le considera como un héroe cultural que protege a la humanidad y le imparte sabiduría. Aún más: el coyote está asociado con el nagualismo, es decir, se cree que existen personas que tienen la facultad de transfigurarse en su nagual, por lo general un animal afín como lo puede ser el coyote.*

---

*   Véase "Los naguales", en el capítulo de **Otras leyendas**.

Los perros como mensajeros de la Muerte

Santiago, Laguna de Sánchez

[...] No, yo nunca había *oído* mentar ese ahuichote que usted dice. Pero, mire, lo que yo le puedo decir es que acá tenemos por experiencia que cuando alguien se va morir aúllan los perros. Mire que no fallan porque siempre que aúllan se muere alguien; aúllan muy curioso y el aullido no es como el del coyote. Cuando aúllan uno hasta siente feo porque se oye —cómo le diré...—, se oye como muy triste. La verdad no sé si sean sugestiones de uno o qué, pero de que se siente feo sí se siente y de que se muere alguien también.

Ora verá, por ponerle un ejemplo: hay veces que los perros ahí andan aúlle y aúlle y nosotros ya sabemos que va haber *trugedia*. A lo mejor nadie de aquí se muere —esta comunidad está chiquita—, pero luego nos llega razón que un familiar se murió en Monterrey, por decir, ¿no? O sea, alguien de aquí pero que vive lejos se muere y los perros ya sabían. ¿Cómo sabrán ellos eso? Vaya usted a saber; son misterios...

Y también se ha dado que uno oye a los perros con su aullido toda la santa noche o todo el santo día y luego resulta que alguien se ahogó aquí en la laguna, o allá abajo en la Cola de Caballo o que tuvo un accidente en la carretera y se mató. Uno no sabe hasta que le llega la razón, pero los perros sí saben desde antes porque ellos presienten algo, ¿no?

Fernando Peña, pescador

El perro es un animal estrechamente vinculado al ser humano desde su domesticación y, por ello, ha desempeñado múltiples funciones dentro del folklore de diversos pueblos. Entre varias tribus amerindias aparece como creador, acompañante, informante e incluso como recurso alimenticio en contextos rituales. Más aún, en el imaginario mesoamericano cumplía la función de psicopompo, es decir, actuaba como guía del difunto en su travesía hacia el inframundo; de ahí que, en ciertas culturas, se le sepultara junto a su amo para asegurarle el tránsito adecuado.

En la actualidad, dentro del amplio repertorio de mitos, creencias y supersticiones asociados con los mensajeros de la Muerte, persiste la idea de que el aullido de uno o varios perros anuncia un suceso fúnebre. Esta interpretación, profundamente arraigada en la tradición oral, prolonga la antigua asociación entre el perro y el umbral entre el mundo de los vivos y el de los muertos, otorgándole un papel de mediador simbólico entre ambos ámbitos.

Un vampiro

Galeana, San Roberto

Cuando hicieron la carretera [57], ahí en el punto que llaman San Roberto (municipio de Galeana) había una *quiotra* palma china. Andaba trabajando en eso de la carretera un señor de Doctor Arroyo que se llamaba don Félix Alvarado, qu'era *cuñao* de don Martín de la Rosa. Entonces andaba él trabajando en el trazo de la carretera y ya de noche *traiba* él un candil porque, como le gustaba mucho tirar, tiraba mucho en la cuestión del *venao*. En eso le dijo a otro compañero: "Anda, vamos con el candil a ver si encontramos un *venao*". Y ahí van en la noche. En eso, arriba de una palma vieron un animal que se le miraban los ojos muy *restiraos*; como muy cabezón el animal. Una vaca o un *venao* no podía ser. ¿Cómo s'iba a trepar a la palma, eh? Pero sí tenía cuernos, como los de un tecolote, pero no *tecuruquiaba*.

Pos ahí estaban ellos sin saber qué era el animal ese y *pos* que le tira Félix con una 16 —muy buena carabina esa. Le tiró y que *cai* el animalote ese —muy grand'el animal. Tenía las canillas* así como uno de gruesas. Félix lo agarró del tronco de un ala y su amigo lo agarró de l'otra ala, pero estaba muy *pesao* el animal; no pudieron arrastrarlo.

Entonces al otro día llegó el ingeniero y Félix le dijo: "¡Mire!" Y el ingeniero dijo: "Ah, caray, ¡este animal se llama vampiro!".

Aquí sabemos qu'ese animal levanta a una criatura como de cuatro años como si nada —es muy fuert'ese animal. Pero el vampiro no vive aquí; aquí *namás* son pasadas de él. Donde le da la noche ahí se queda y luego agarra su vuelo temprano.

---

* Antebrazos.

El vampiro vive más que nada la Sierra Madre, del lado de Nuevo León y también de Tamaulipas, donde no hay nada de bullicio.

Marcos Saucedo, de Norias del Castillo, Matehuala, SLP

Uno de los muertos vivientes, sin alma, del folklore universal es el vampiro. La leyendas sobre estos seres se distribuyen por todo el orbe (China, India, Indonesia, etc.), pero es un motivo típico del folklore de los países eslavos (Bulgaria, Eslovenia, Polonia, Rusia, etc.), aunque en Rumania, Hungría, Albania y Grecia es más común. En el continente americano, y en particular en México, este motivo alcanzó gran difusión gracias a Drácula, el personaje de la literatura y el cine.

En términos zoológicos, el vampiro es un mamífero quiróptero que tiene su hábitat en América tropical y cuya alimentación consiste básicamente en frutos e insectos, aunque también se han reportado casos aislados de que succionan la sangre de animales y humanos.

En este relato se habla de un vampiro de gran tamaño, casi humano, el cual ha sido visto en ciertas regiones del Altiplano. Lo extraño de esta narración es que este animal duerma de noche y vuele de día, contrario a las creencias legendarias y a las costumbres de los quirópteros.

Leyendas de aparecidos y fantasmas

La Llorona

Doctor Arroyo, San Isidro de Fernández

[...] Sí, antes se *oyía*, pero ya tenemos tiempo que no la *oyemos*. Yo en esa tienda la *vide*; me salió. Fue hace muchos años cuando estaba yo muchachoncillo. Fue una noche que un chivo se nos había perdido. Es que una hermanilla mía estaba criando un chivo sancho —ya estaba grandote, mi abuelito lo capó, era negro, tenía los cuernos grandes y la barba *ansina* larga—, entonces lo *traíbanos* con una cadenita de la panza amarrado y *salíanos* p'afuera y nos seguía. Lo *amarrábanos* y le *dábanos maiz* y se puso muy gordo. Un día se fue mamá p'al pueblo y antes d'irse me dijo: "El chivo anda suelto, anda y búscalo y lo amarras." Bueno, se fueron pa'l pueblo y a mí se me olvidó. Me fui pa' la calle y cuando regresé ya tarde no había nada de chivo. Se nos perdió. En esa tienda tenían una televisioncita y ahí nos *juntábanos* toda la gente y *mirábanos* la novela. Ya a las once cerraban la tienda y todos nos *íbanos*. Esa noche nos fuimos y yo venía por aquí así y estaba bien oscuro cuando que me ponen las manos *ansina* en la espalda; entonces yo *voltié* y le *vide* aquí la barba y los cuernos y me asusté. Pensé qu'era el Diablo, pero era el chivo. Yo creo qu'el chivo venía de por acá y me conoció y por eso se me trepó. Entonces me le zafé y cuando me le zafo que cae abajo. Lo agarré de la cadena y me lo llevé estirando y llegando a la casa con el chivo que llora la Llorona. *No'mbre,* entré yo al cuarto y parecía que me quería *cáir* (caer); como si me hubieran echado agua fría aquí en la espalda. Y *no'mbre,* era la Llorona y un aulladero de perros todo el rato. Mi mamá salió de su cuarto muy asustada porque también había oído a la Llorona. *Ansina* es como yo la *oyí,* y hay gente que dice que la ha oído también.

[...]

Bueno, es que dicen que la Llorona es una mujer que aventó a sus niños al río o al mar y llora y llora porque los anda buscando. Dicen que los busca donde hay agua y quién sabe por qué viene por acá sí acá no hay tanta. Pero decía mi abuelito —él tenía como 85 años— que cuando lloraba aquí es que iba a ser un año muy malo, qu'iba haber calamidades y todo eso; que la gente no iba conseguir que comer y quién sabe qué. Sí era cierto porque no se daba cosecha, se ponía un tiempo duro, la sequía muy fea. Pero pasa mucho tiempo pa' llorar la Llorona.

Deje eso, dicen que tambíen llora cuando va haber un muerto, o sea que también anuncia muerte. Aquella vez que yo la *vide* la verdad no me acuerdo si fue un año malo o si alguien luego se murió; no me acuerdo porque ahora tengo 56 años y esa vez yo estaba muchachoncillo todavía.

Antonio Carrizales, campesino

De las muchísimas historias y leyendas que se cuentan en el país, no hay otra tan mexicana, tan popular y tan difundida como la Llorona, pues sin duda todo mundo ha oído hablar de ella en alguna ocasión. Cada ciudad, pueblo o barrio tiene sus propias versiones y las variantes son infinitas, pero siempre incluyendo ciertos motivos muy específicos: un río (o noria, aguaje, charco, etc.), unos niños ahogados, una mujer y su lamento aterrador.

Se cree que el origen de esta leyenda o mito provenga de alguna o algunas deidades prehispánicas como la Cihuacóatl, entre los nahuas; Xtabay, entre los mayas lacandones, Ahuicanime, entre los purépechas y Xonaxi Queculla, entre los zapotecos. Sin importar el nombre que se le dé o de dónde surja, la Llorona es un espíritu identificado con el hambre, el inframundo, la lujuria, el pecado y también la Muerte, toda vez que cuando se le oye llorar, algo funesto presagia.

El Mon

Monterrey

[...]

¿El Mon? Uh, sí, el Mon por aquí es muy conocido; es parte del inventario de Monterrey. Una vez yo lo vi cuando estaba chico. Bien me acuerdo que mis papás nos decían que tuviéramos cuidado porque nada más cayendo la tarde salía un sujeto andrajoso que asustaba a los niños. Entonces una tarde fui al tendajo de la esquina con un primo para hacerle un mandado a mi mamá y vimos que iba caminando un señor bien raro, con ropa renegrida bien sucia. Lo vimos de cerca y se nos quedó mirando con unos ojos de miedo. Dijo: "Mon, mon", y que corremos bien asustados. En ese tiempo vivíamos en la Mitras Centro.

Pero eso no es todo. Mi papá creció en la colonia Moderna y cuenta que desde que él estaba niño el Mon ya se aparecía por aquellos rumbos y nada más decía: "Mon, mon...", como si estuviera medio mudo. Y mi abuela contaba que también lo habían visto por la Roma cuando ella tenía como diez años. Échale cuentas..., en mi familia han pasado tres generaciones y el Mon sigue ramoneando* las calles. Ya debería ser un hombre viejo o ya debería estar muerto, pero lo siguen viendo. Ahora a nuestros hijos les decimos que tengan cuidado con los robachicos, los secuestradores, los vendedores de drogas y cosas por el estilo, pero ellos también saben que de repente se aparece un sujeto que le dicen "el Mon" porque es la única palabra que murmura. ¿Dónde habrán escuchado eso? Yo no les he platicado nada de él y de todos modos ellos conocen la leyenda. Ha de ser porque todavía la gente lo sigue viendo en las calles.

---

* Merodeando.

Nosotros vivimos en la San Jerónimo y, si nos ponemos a pensar, el Mon tiene un rumbo muy amplio de recorrido. Quién sabe quién será o de dónde salió, pero no se me haría raro que se trate de un ánima chocarrera, de un aparecido.

Saúl Cárdenas, médico

Uno de los seres legendarios de la capital neoleonesa es el Mon, personaje de origen y procedencia desconocida que, según se dice, nadie sabe desde cuándo merodea las calles, por cuántos años ha vivido, si es una mera aparición fantasmal o desde cuándo ha sido parte del inventario de las leyendas urbanas regias. De acuerdo con la tradición oral, a este oscuro ser se le ha visto por diversas colonias como la Vista Hermosa, San Jerónimo y Mitras, entre otras.

El soldado de los dientes de oro

Linares, Hacienda de Guadalupe

Dicen que cerca del molino de la hacienda se aparece un soldado antiguo con dientes de oro. Según cuentan, algunos lugareños habían salido de cacería en la noche; llevaban lámparas de casco y rifles. En el camino de regreso uno de ellos se atrasó un poco de los demás y empezó a llamarlos, pero sin que nadie le respondiera. De repente escuchó un ruido atrás de él y volteó rápido a su izquierda; vio allí a un soldado con carrillera y carabina al hombro que le sonreía, mostrándole todos sus dientes de oro. El cazador en vez de asustarse pensó que se trataba de una broma de sus amigos y dijo al aparecido: "Ya no bromees, Óscar, ¿pa' qué te pusiste esa ropa?". El soldado no contestó nada y seguía sonriendo. El cazador se dio media vuelta y luego luego volteó de nuevo a mirar al soldado, pero éste ya no estaba. Al poco rato, cuando halló a sus amigos, les comentó del suceso, todavía pensando que era una broma, pero para su sorpresa los amigos le contaron la leyenda de un soldado que se aparecía por esos lugares.

El cazador murió años más tarde, padeciendo de fuertes dolores de cabeza que, también cuentan por ahí, le empezaron esa mera noche por el susto de haber visto un fantasma.

Benita Cabrieles

Por tratarse de uno de los lugares más antiguos de la región, la hacienda de Guadalupe concentra una notable riqueza de historias, anécdotas y leyendas de diversa índole, así como numerosas remembranzas de la

Revolución. Es posible que aún sobrevivan algunos ancianos capaces de ofrecer testimonios directos o transmitidos por sus mayores, lo que refuerza la profundidad histórica del sitio y la persistencia de su memoria colectiva.

Este relato en particular menciona la aparición de un soldado con carrillera y carabina al hombro. Aunque no se precisa a qué facción pertenecía, resulta plausible suponer que se trate de un combatiente muerto e insepulto durante aquella azarosa lucha armada, cuando la carrillera era de uso común entre los distintos bandos. La figura espectral adquiere así un valor simbólico: encarna tanto la violencia del conflicto como la ausencia de ritual funerario, condición que en el imaginario popular suele propiciar la permanencia del espíritu en los lugares donde cayó.

El viejito del camino

Linares, La Morita

De vez en cuando por aquí se aparece un viejito que parece chaneque o duende, como dicen en la ciudad. Es un hombre con barba blanca que le cubre casi toda la cara. Su cara está arrugada por la edad; sus ojos son muy opacos por las cataratas; es muy flaco y parece débil, pero cuando uno lo escucha reírse, se da cuenta de que es muy jovial y fuerte. Siempre trae puestos dos pantalones y usa bordón. Él anda acompañado por dos perros, uno negro y otro así como pastor alemán. Pocas veces se aparece, pero cuando alguien lo ve y platica con él, el viejito les dice que él es el que cuida las huertas para que nadie se robe las naranjas. Y fíjese que hasta se atreve a regalar naranjas. Siempre dice: "Ándele, agarre una naranja para que se refresque en el camino." Si la persona rechaza el regalo nunca más lo volverá a ver al viejito, pero si la acepta es seguro que se lo vuelva a encontrar.

Un señor de edad cuenta que desde que él estaba chico ese viejito ya existía en ese camino, vistiendo de la misma manera, con su bordón y sus perros. Imagínese, ¿cuántos años ya tiene que ronda por estos rumbos? Quién sabe, pero mi padre contaba que seguramente era el ánima de un antiguo cuidador de alguna de las huertas que hay por aquí.

José Luis Martínez

De acuerdo con diversos testimonios, se cuenta que en esta región del municipio de Linares vivió hace muchos años un anciano cuyo oficio consistía en cuidar varias huertas de cítricos. Solía recorrer el camino —ya pavimentado— siempre acompañado por dos perros que lo seguían fielmente. No se sabe con certeza cuándo ni cómo murió, pero la tradición local afirma que su ánima continúa rondando y vigilando los parajes que en vida estuvieron bajo su custodia, como si su responsabilidad no hubiera concluido con la muerte.

Un elemento particularmente interesante del relato es la creencia de que el anciano ofrece un obsequio a quien se le manifiesta. Se dice que, si la persona acepta el regalo, es posible que la aparición vuelva a presentarse en otra ocasión; en cambio, si lo rechaza, el espíritu no se mostrará nunca más. Esta condición introduce un componente ritual que vincula la experiencia sobrenatural con la disposición del testigo, y sugiere una lógica interna donde la aceptación o el rechazo del don establece una relación simbólica entre el vivo y el ánima que continúa ejerciendo su antiguo oficio.

La casa del Diablo

Monterrey

Cuando estábamos chavillos nos platicaban muchas leyendas de fantasmas que se aparecen en las casas viejas. Tú sabes, leyendas que muchas veces las cuentan para que los niños tengan miedo y no anden haciendo travesuras. Unas nos las contaban las sirvientas y, otras, nuestros papás o los tíos o los abuelos. Nunca se me va a olvidar una que nos platicaba mi abuelita porque, según ella, era cierta; o sea que no era una leyenda nada más. De joven ella vivió en lo que ahora es el Barrio Antiguo —su casa ya no existe; la tumbaron para hacer un estacionamiento— y a ella le ha de haber tocado la época cuando en una de las casonas por ahí asustaban. A esa casona le decían "la casa del Diablo", pero no sé si todavía exista y no estoy seguro si estaba por la calle de Colegio Civil o por la de Garibaldi, pero creo que hacía esquina con la de 15 de Mayo —eso queda rumbo a la Alameda. No es el Barrio Antiguo, pero en aquellos años Monterrey era una ciudad chiquita y lo que ahora es el centro era casi toda la ciudad, ¿no?

Bueno, supuestamente a eso de la medianoche la gente que vivía por ahí oía ruidos como de cadenas que se arrastran y ellos creían que eso era como un aviso de que se iba a aparecer el Diablo. Esa era la creencia, porque supuestamente mucha gente vio al Diablo en varias formas, que vestido de catrín, que todo andrajoso, que con una capa roja y como tú quieras. Pero siempre le veían un pie que era como de cabra y también que cuando se aparecía apestaba bien gacho a azufre. Por eso sabían que era el Diablo.

Contaba mi abuelita que la casona parece que estaba abandonada porque nadie quería vivir ahí. Todos los que la rentaban luego, lueguito se iban porque les daba mucho miedo; que oían ruidos, que se movían solas las cosas y, lo peor, que cuando oían las cadenas como arrastrándose que apestaba a puro azufre.

La verdad no sé si hayan sacado un tesoro o un muerto, o si en realidad haya sido cosa del Diablo, pero eso es lo que nos contaba mi abuelita y nosotros le creíamos. Luego, cuenta mi hermano mayor que una vez él y unos amiguillos se metieron a esa casa, pero que les dio bastante miedo porque en una pared había un espejo que se movió solito. Dice que se salieron bien espantados y nunca volvieron a meterse.

José Luis Chapa, restaurantero

Las casas viejas y abandonadas suelen convertirse en terreno fértil para contar leyendas, especialmente aquellas relacionadas con apariciones, ruidos extraños y tesoros ocultos. El halo de misterio que las rodea impulsa a la gente a buscar explicaciones, y con frecuencia estas interpretaciones recaen en espíritus chocarreros o en la figura del Diablo, concebido como el origen del mal y todo lo negativo. Esta asociación se refuerza cuando se menciona el olor a azufre, un elemento vinculado a Satán en la mitología universal y que, dentro del imaginario popular, funciona como señal inequívoca de su presencia.

La chica que canta

Allende

Según cuenta la gente, allá en el río Ramos se aparece una muchacha muy bonita. La han visto sentada en una peña, con su falda y blusa blanca, y dicen que la ven peinándose con un cepillo. Su piel es blanca y contrasta con su cabellera negra y larga. Mientras se cepilla, la muchacha canta y canta una melodía suave y melancólica. Dicen que los que han escuchado esa canción hasta les dan ganas de ponerse a llorar.

Pero las apariciones no se dan nada más porque sí, como tú bien sabes, sino que tienen su razón de ser, y la de esta muchacha bonita pues también tiene su explicación, ¿no? Verás, no me acuerdo muy bien cómo estuvo el asunto; no sé si eran dos hermanas las que se ahogaron en esa parte del río o solamente una. Pero lo cierto es que mucha gente ha visto a esa muchacha que te digo, y la han oído cantar.

Según esto, hace un chorro de años un montón de jovencitas pidieron permiso para irse a bañar al río después de clases. Parece que era un viernes en la tarde. Se fueron a donde unos sabinos porque ahí antes el río era más hondo. Con decirte que desde las ramas los chamacos se aventaban sus clavados. Y bueno. Llegaron todas las amigas y luego, lueguito se metieron al agua, menos esta muchacha que te digo. A ella no le gustaba bañarse en el río. A lo mejor no sabía nadar la pobrecita. Ella se sentó en una peña, se remojó el cabello, metió los pies y se puso a cantar. Miraba con tanto gusto a sus amigas divertirse, mientras ella se cepillaba su pelo y cantaba.

De rato, las amigas le pidieron que se metiera al agua también, pero ella no quería. Y que ándale, que mira, que esto y que lo otro. Total, terminaron por convencerla y se metió también al río. Jugaron mucho rato, se echaban agua y nadaban.

De repente, esta muchacha como que se atoró en una raíz de un sabino y ya no salió. Pobres de sus amigas, cómo han de haber sufrido porque por su culpa se ahogó esta muchacha. Pero más triste para su hermana y sus familiares.

Entonces, según la leyenda, esta muchacha se aparece de vez en cuando, pero no canta la misma canción que estaba cantando antes de ahogarse; dicen que canta otra mucho más lóbrega. Ha de ser para prevenir a la gente a que tenga cuidado al meterse al agua. ¿Qué te parece?

Tereza Cavazos, doctora en Meteorología

Un suceso trágico suele dar origen a una leyenda que afirma que aún es posible escuchar o ver a la persona que tuvo la desgracia de morir en ese lugar. La idea de percibir el ánima del difunto se explica a partir de una creencia muy extendida: cuando un espíritu no ha encontrado descanso, continúa rondando el sitio de la tragedia, ya sea para intentar llevarse a alguien consigo o para advertir de un peligro latente. Este motivo, presente en numerosas tradiciones, articula la relación entre muerte violenta, memoria colectiva y la persistencia de lo sobrenatural en el imaginario popular.

En este relato encontramos un motivo recurrente en mitología universal, el río, que en sí representa el lindero entre la vida y la muerte. Y de cierto modo nos hace recordar leyendas de la Xtabay, un espíritu femenino de la mitología maya (Yucatán, Campeche, etc.) que suele aparecer cerca de los ríos y siempre se le ve peinándose el cabello. Evidentemente, aquí no es el caso, pues el contenido y desenlace es muy distinto al de la Xtabay, además de que en éste todo surge de una anécdota y no de un mito.

LA VIEJA DEL PALO

ARAMBERRI - ZARAGOZA

Aquí en todo este rumbo de Aramberri y Zaragoza también hay leyendas de aparecidos, de carretas y cosas de esas, pero la más famosa es una que le decimos "la vieja de palo". Le decimos así porque antes, cuando la oía la gente, oía el taconazo. El taconazo, el taconazo se iba alejando y ya muy lejos todavía se oía el taconazo, como si fuera de palo. Han platicado que todavía lo oyen muy de repente, pero ya no tanto como antes. Será que los tiempos cambian y la gente ahora transita en vehículos de motor —no sé—, pero los que pasan por ahí caminando ya muy de noche, cuando ya no hay ruidos de motores, saben que si oyen un ruido raro, pausado, de taconazo, es porque la vieja del palo anda por ahí.

Una vez venían en una carreta unas personas aquí por el camino (de Zaragoza a Aramberri) cuando todavía era de terracería. De pronto salió una mujer enfrente de la carreta y la carreta se hizo como que pesaba mucho. El carretero les picaba a los animales y les picaba y éstos no se querían mover, estaban como paralizados. A las gentes que iban en la carreta les dio miedo la extraña mujer aquélla, y que de pronto brinca así, como bamboleándose, y en un catapal ahí quedó ella y se puso a bailar. *No'mbre*, las gentes y el carretero estaban bien asustados. Y luego de ratito, dicen que la mujer corrió y que se fue por ahí entre el camino, caminando, caminando, y nomás que se oía el taconazo, el taconazo. Y muy lejos todavía oían el taconazo. ¡Era la vieja de palo! Pero quién sabe qué quería porque sabemos que no roba, ni nada. Sólo se aparece.

Ángel Solís, cronista de la ciudad

Es inherente al ser humano intentar explicar todo aquello que percibe, ya sea por vías sensoriales o incluso extrasensoriales. Por ello, los fenómenos misteriosos no escapan a esta necesidad interpretativa y, casi siempre, se les atribuye alguna explicación considerada "convincente" dentro del marco cultural local. En el sur de Nuevo León se cuentan innumerables leyenda sobre tesoros, fenómenos naturales y apariciones, como esta manifestación inexplicable que, debido a un peculiar sonido, los vecinos de Aramberri han encontrado una forma elocuente de nombrar y clasificar dentro de su imaginario.

Llantos en el internado

Montemorelos

[...] ¿Esa casona? Pues resulta que ahí hace muchos años fue un internado de señoritas, pero ya está abandonada. Se platican muchas cosas de ese lugar: que ruidos, que aparecidos, que espantos. A mí sí me ha tocado, para qué voy a decir que no, pero lo que me ha tocado es oír como que lloran unas señoritas. Yo le he oído y una vez que le platiqué a unas gentes ya grandes ellos me dijeron que la razón es que ahí parece que una vez se cayó una chamaca del segundo piso y se mató.

Mire, según me platicaron esas gentes grandes, entiendo que fue muy triste eso porque ya iban a ser las vacaciones y todas las señoritas andaban con el brete de que ya se iban de vacaciones. Y los papás de la chamaca que se mató la estaban esperando abajo muy gustosos de verla. Entonces como ella iba corriendo, creo que se ha de haber tropezado y se cayó. *No'mbre*, parece que ahí quedó la pobre. Luego, me imagino yo que se han de haber juntado las amigas y los papás y las maestras y todo mundo; han de haber llorado mucho porque parece que era una chamaca muy buena y también porque la muerte de alguien es cosa para llorar, ¿no? Luego entiendo que por mucho tiempo ni siquiera pudieron limpiar bien el charco de sangre, y eso que lavaban y tallaban, pero la mancha ahí seguía. Pero ya no está, yo nunca he visto la marca de la sangre. No estoy seguro, pero alguien dijo que una vez pusieron así como un círculo de velas donde estaba y la marca se quitó.

Entonces, esas gentes ya grandes me dijeron que de seguro es el ánima de la chamaca que no ha encontrado descanso y por eso se oyen cosas, y por eso yo oí que otras señoritas lloraban.

Además, creo yo, esa es la mera razón para que la propiedad esté abandonada. O sea, déjeme decirle, parece que la han ocupado, pero no duran los que rentan ahí, y creo yo que no duran porque se espantan con esos lloridos de señoritas.

José Luis Tamez, empleado de una secundaria

Sabemos que un evento fatal suele convertirse en leyenda con el paso de los años. Ahora tenemos otra leyenda con características similares que ocurrió en una propiedad de esta ciudad naranjera, abandonada hasta 2006, adonde se llega por un lugar llamado "El Mexiquito".

De acuerdo con lo que contó el narrador en una entrevista informal en 2004, todavía se escuchaban los llantos de la gente que estuvo presente cuando sucedió el fatídico accidente. Sin embargo, tal vez lo más relevante sea el elemento sangre, muy común en mitología universal, que en este caso tuvo un desenlace afortunado gracias a una especie de ritual realizado anónimamente.

Cabe añadir que el espacio referido fue el Colegio Industrial de Montemorelos, y desde 2008 alberga el Museo Histórico y Casa de la Cultura Valle del Pilón.

Un jinete sin cabeza

Salinas Victoria

[...] ¿De espantos? Újule, sí, sí cuentan de espantos. A nosotros no nos ha tocado, pero dicen que sale la Llorona en un camino, y también que una bruja que trae *ansina* com'una calaca aquí en el brazo. Dicen que la ven en un vado qu'está de aquel lado, rumbo al Carmen, dicen.

Ah, también que allá por el rumbo de Los Terreros dicen que a eso de la una de la mañana luego pasa un caballo negro que rebufa bien feo, pero que nadie puede verlo porqu'es com'un fantasma. Y es que haga de cuenta qu'ese caballo cuentan que lo va montando un jinete qu'está descabezado, que creo que hace muchos años, cuando eso de la Revolución de Pancho Villa, primero que lo colgaron al jinete ese de un palo en un mezquite viejo y luego que con el mismo caballo de él que le amarraron una *riata* larga en la montura de un lado y que los pies del jinete del otro y que luego atizaron al caballo y que se fue bien desasombrado*. Entonces, *ansina* fue cómo al jinete colgado se le mochó la cabeza que se quedó colgando del mezquite y el cuerpo se lo llevó el caballo. Pero parece qu'el mezquite ese ya no está porque hace ya un chorretal de años *quesque* lo quemó un rayo que le cayó una vez.

Y también me han platicado mis tíos, que viven allá en El Carmen, que la cabeza del jinete se la llevaron los revolucionarios y sepa la bola dónde l'habrán ido a tirar. Entonces, por eso el jinete ese que le digo pasa por el camino en las noches —como a eso de la una, ¿vedá?—, porqu'él anda buscando su cabeza. Y me dice un tío que si algún día el jinete encuentra su cabeza —haga de cuenta que está enterrada en un panteón—,

---

* Asustado.

entonces se la va poner y *ansina* él v'encontrar descanso y ya no va salir en las noches ni tampoco v'andar asustando a la gente que se lo encuentra cuando van ya bien tarde por ese camino que le digo que va pa' Los Terreros.

Mario López, estudiante de primaria

El motivo del jinete sin cabeza es recurrente en el folklore universal: en numerosas regiones del mundo se narran historias de figuras fantasmagóricas y decapitadas que cabalgan de noche, generalmente asociadas a muertes violentas o a castigos sobrenaturales. Nuevo León no es la excepción. En distintos puntos del estado se cuentan relatos sobre un aparecido con estas características, adaptado al paisaje y a la memoria local, lo que demuestra cómo un arquetipo global puede adquirir matices regionales sin perder su fuerza simbólica.

Algo particularmente interesante en la narración aquí presentada es su desenlace —también frecuente en este tipo de leyendas—, pues sostiene que si el ánima en pena logra reunir las partes de su cuerpo desmembrado, finalmente encontrará el descanso que busca. Este motivo, ampliamente documentado en el folklore universal, expresa la idea de que la integridad corporal es condición necesaria para la liberación del espíritu, y que la fragmentación física simboliza, a su vez, la imposibilidad de trascender.

Una mujer emparedada

San Nicolás de los Garza

Cuando yo estaba haciendo mis pininos ya como arquitecto titulado, uno de mis primeros trabajos que me encargaron fue una construcción en el centro de San Nico; era una casa vieja que ya estaba abandonada y cayéndose. Querían construir una casa nueva y yo hice los planos y todo el diseño. Fue de mis primeros trabajos y no se me olvida que me dio mucha sorpresa un detalle que cree la gente, pero que no te enseñan en la carrera: decían que en esa propiedad había un tesoro porque supuestamente se escuchaban ruidos y se veían luces y por eso cuando empezaron a tumbar esa casa vieja, la gente con esa creencia iba con curiosidad y con especial atención de dónde iba a salir el supuesto tesoro.

Al principio se me hacía buena onda que llegaran los vecinos a ver cómo iba la obra, a preguntar qué íbamos a construir o que llegaran hasta con pan y limonada o refrescos para los trabajadores. Por mi inexperiencia pensaba que así era siempre, o sea la amabilidad entre vecinos, pero luego entendí que iban más bien por la curiosidad del supuesto tesoro y, por qué no, a ver si les tocaba algo en la repartición.

Yo estuve ahí también, supervisando parte de la obra inicial, aunque en realidad no era parte de mi trabajo. No vas a creer que encontramos una mujer emparedada, o sea un esqueleto de mujer que había sido sepultado de pie en una pared y yo creo que esa era la causa de aquellos ruidos misteriosos porque nunca salió el supuesto tesoro. Aunque no sé mucho de eso y la verdad, no sé, se nos hizo muy raro encontrar ese esqueleto y me acuerdo que se dio aviso a las autoridades, vinieron a dar fe y suspendieron la obra, qué sería, unos tres días. Hablaron con los dueños anteriores, pues nadie sabía de eso porque esa era una de las casas más viejas del centro, y también creo que hablaron con otros dueños más atrás y con vecinos muy mayores de edad.

¿Quién emparedó a esa mujer y por qué? Quién sabe, pero aquí viene la parte interesante que a lo mejor tú ya lo sabes. Cuentan que había una tradición muy antigua de que como castigo en una familia emparedaban a los hijos por una falta grave que avergonzara a la familia. Causas de castigo eran si una hija quedaba embarazada antes del matrimonio o fuera de éste —típico—; si había un mal comportamiento, un hijo depravado, una falta de respeto hacia los padres, principalmente entre las mujeres solteras. Éste se me hace algo exagerado, pero un embarazo inesperado es, que si no, la causa de agravio de vergüenza familiar —y sigue siendo—, pero no razón para emparedar a una hija; eso es un crimen. Ésta fue una explicación que alguien nos dio cuando apareció ese esqueleto de la mujer emparedada. Con el reporte forense salió que era el esqueleto de una mujer como de dieciséis o diecisiete años y entonces sí cuadra eso de que haya sido por causa de un embarazo y, como castigo, el padre decidió de esa manera esconder la vergüenza familiar. Me cae que es un tema muy bizarro.

Enrique Zamora, arquitecto vecino de Monterrey

Emparedar a una persona es una práctica que pertenece más al ámbito de la leyenda que al de la realidad histórica. En diversas regiones hay creencias según las cuales niños fueron emparedados en las murallas o en las cortinas de las presas para que sus ánimas lloraran en caso de que la estructura estuviera por reventar, advirtiendo así del peligro inminente. También se narran casos de individuos emparedados vivos en los muros de iglesias como castigo por algún pecado. De manera similar —aunque con menor frecuencia— existen relatos sobre mujeres castigadas de esta forma por haber quedado embarazadas antes del matrimonio o por adulterio. Estos motivos, profundamente arraigados en el imaginario popular, combinan elementos de moralidad, castigo y sacralización del espacio.

VARIOS MISTERIOS

Vallecillo

Bueno, la verdad, la verdad no sabría decirle con sinceridad porque yo no soy de aquí, soy de Guadalajara; tengo ya varios años viviendo aquí. Pero, bueno, sí he escuchado pláticas que luego cuentan las gentes que son de aquí o que tienen más años que yo viviendo aquí en el pueblo. Por ejemplo, dicen que aquí enfrente, ahí afuera de la iglesia, han visto que sale una novia que parece que la mató su novio para que no se casara con otro muchacho. Creo que así estuvo ese asunto. O sea que ella tenía su novio y él se tuvo que ir a trabajar, no sé si a Monterrey o al "otro lado" y no vino a verla en mucho tiempo, o en varios años, no sé, pero que entonces le llegó el chisme de que ella —su novia de él, ¿verdad?— parece que ya estaba prometida con otro hombre. En eso el muchacho se dejó venir y la mató. Luego creo que dicen que la enterraron a ella con su vestido de novia y que por eso la ven vestida así cuando se aparece afuera de la iglesia.

¿Qué más…? Ah, también me han platicado que adentro de la iglesia se oyen como los lloridos de un bebé, pero no sé por qué sea esa plática.

Y lo que también cuentan mucho, pero a mí no me ha tocado ver, y eso que vivimos casi enfrente, es que ahí en el campanario —ese que está casi en la banqueta— se aparece una viejita. Platican que ella era una viejita de aquí, de aquellas gentes de más antes que nunca dejaron el pueblo cuando estuvo muy solo y casi se quedó sin pobladores, y que creo que se murió en un accidente. Entonces ahí luego dicen que su ánima de ella anda penando porque no pudo pagar una manda que había prometido. Su ánima nomás llega hasta el campanario y no puede seguir hasta adentro de la iglesia porque tiene pendiente esa manda. No me crea, pero una vez alguien contó que esa viejita no pudo pagar su manda porque en el tiempo que se murió la iglesia estaba cerrada y no había padre aquí. Entonces pienso yo que ese accidente que tuvo ella fue cuando el pueblo estaba casi abandonado o cuando los cristeros cerraron las iglesias. No sé.

Sra. María del Socorro, comerciante

Una de las cabeceras municipales más pobres y despobladas de todo el estado es ésta de Vallecillo; lugar que se fundó en la segunda mitad del siglo XVIII gracias a las vetas minerales descubiertas en los alrededores. Su historia incluye lóbregos pasajes de abandono y repoblación, en particular cuando se acabó la explotación minera y la gente tuvo que emigrar a otras partes en busca de trabajo. Uno de sus atractivos es la iglesia de San Carlos Borromeo —con paredes de laja y sin detalles arquitectónicos muy elaborados— donde, según cuentan, se han visto ciertas apariciones.

Algo importante del relato es la mención de que la iglesia estuvo cerrada por un tiempo, quizá durante la Guerra Cristera que cita la narradora. Es un dato interesante porque en esa región no se vivió aquel movimiento armado como en el centro y occidente del país, de donde ella es originaria, pero los templos estaban cerrados y el culto, prohibido.

Leyendas de espíritus benefactores

Anacahuita en floración

El ánima de la anacahuita

Mina

Pues mire que cuentan que hay espíritus muy milagrosos, así como también hay otros chocarreros que nomás andan haciendo maldades, *¿vedá?* Pero, mire, yo sé bien de un espíritu protector porque me ha tocado vivirlo. Es l'ánima de l'anacahuita. *Usté* la conoce bien, *¿vedá?* Ese arbolito que crece por todas partes.

Pos resulta que hace ya muchos años venía yo a caballo y estaba lloviendo bien fuerte, con rayos y truenos. Creo que el caballo se espantó con un trueno porque nomás pegó un relincho y que me tumba. ¡Bolas, que doy el costalazo! Me levanté para perseguir al caballo, pero el muy *méndigo* se fue a todo galope; mire que me dejó abandonado. Y *pos* ni modo, a caminar se ha dicho, y entre puro lodazal.

Pero mire, como a los veinte pasos, me di cuenta que me dolía la pata. Me arremangué el pantalón y *traiba* una bolota aquí mero en el tobillo, estaba sangre y sangre. Y llueve y llueve también. Me senté en una piedra y me *tantié* bien la pata. ¿Creerá que la *traiba* quebrada? El dolor era poco, pero ah cómo me asusté de verla suelta, suelta.

¿Qué hacer? No podía andar, estaba el aguacerazo muy bravo, ya era de tarde y hasta hacía friíto. *No'mbe*, pensé: "Ora sí te *fregates*, Lupillo, si t'encuentran mañana o pasado, va ser todo tieso". Pero uno tiene ánimo de vivir y *pos* ahí como pude caminé echando brinquitos hasta refugiarme abajo de un'anacahuita. Me recosté en el tronco y, no me va creer, pero ya ni me mojé siquiera.

Yo sabía que l'anacahuita tiene un ánima buena que ayuda al desprotegido. Es que eso cuentan por aquí, *¿vedá?*, pero en ese momento no pensé en eso. Yo nomás quería que pasara la tormenta y a ver quién pasaba pa' que me diera auxilio.

Mire, pa' no hacerle tan largo el cuento, me quedé bien dormido de a tiro, y me desperté nomás rayando el sol. *Traiba* un hambre de la fregada, pero como no tenía qué comer, *pos* me comí unas bolitas de anacahuita, que saben feas, pero ese día hasta me supieron hasta dulces las condenadas. Oiga, *pos* verá que el pie ya lo *traiba* bueno; sin hinchazón, ni bola, ni sangre, ni nada. Ni siquiera me dolía. El pantalón estaba todo sangrado, eso sí. Y bueno, me fui caminando hasta que llegué al rancho; me fui bien campante, no me dolió la pata para nada, como si nada me hubiera pasado. Cosas raras, ¿no? En llegando al rancho le platiqué a mis gentes lo que pasó. Mi abuelo todavía estaba vivo, y él me confirmó que la anacahuita es muy buena con la gente. Él dijo esa vez, y muchas veces más contaba cosas d'esas, que l'anacahuita tiene un ánima que ayuda a la gente y mire que a mí me ayudó esa vez de la tormenta. Por eso yo sí creo en esas cosas.

Lupillo Maldonado, campesino

---

*La anacahuita (*Cordia boissieri*) es un arbusto borriganéaceo con flores blancas y frutillas jugosas que crece silvestre en el campo del noreste mexicano y es alimento de venados y cabras. En medicina tradicional se usa el tronco, las flores y el fruto contra problemas respiratorios. Como "ornamento", la flor de este arbusto es el símbolo del estado de Nuevo León.*

En el folklore neoleonés y en el norestense, la anacahuita es mencionada sobre todo en relatos y leyendas de curaciones milagrosas, pues su ánima o espíritu es benefactor. Puede integrársele en la teofanía vegetal de la mitología universal, pese a que en el folklore regional no existe un culto tribal o ritual alrededor de esta planta. Además, entra en la categoría de hierafonía, pues a algo profano también se le considera como sagrado.

¿A DÓNDE SE FUE SAN JOSÉ?

Ciénega de Flores, exhacienda de San José

Esta hacienda de Tierra Blanca no era nada comparada con la de San José que fue muy rica, era muy grande, y cuentan que los dueños tenían mucho pero mucho ganado. Pero todo eso ya se acabó; no queda nada, puro amontonadero de piedras nomás. Vaya pa' que se desengañe, aunque, déjeme decirle: está canijo entrar. Mire, aquí adelantito, rumbo a Ciénega, hay com'un camino de los camiones de basura y por ahí pued'entrar, pero tiene que dejar su camioneta casi en el río y luego caminar. Pero, bueno, también pued'entrar por aquel *lao*, o sea, por la carretera de atrás que va pa' Salinas Victoria. Antes de que vea la supercarretera va ver una desviación a la derecha y métase por esa terracería, aunque luego va tener que caminar también.

[...]A mí se me hace que cuando abandonaron l'hacienda —habrá sido cuando la Revolución, m'imagino yo— alguien se agenció las cosas que había adentro porque acá se platica que los dueños fueron gente mucho muy adinerada. Cuentan qu'era una hacienda tan pero tan rica que tenía muebles muy finos y de mucho valor y parece que también hasta platos y cucharas de plata de pura ley, y cosas *ansina* de valiosas. Lo que sí sabemos nosotros es que luego ahí se meten gentes dizque a buscar tesoros, pero pa' serle sincero, la meritita *verdá* yo nunca he oído que alguien *haiga* encontrado nada. Tampoco se platica de ruidos o de llamaradas —cosas de tesoros, pues. Pero dicen qu'en l'iglesita había unas imágenes muy bonitas, muy finas, y unas pinturas que sepa la bola quién se las habrá llevado.

Pero hay una plática que platicaban los viejitos de más

denantes. Decían ellos *quesque* San José —l'imagen de San José, *¿vedá?*— se convertía *ansina* com'uno y que salía a caminar por todos estos rumbos; es que parece que le gustaba vigilar qu'estas tierras estuvieran seguras. Entonces platican que lo veían que ahí andaba, que venía aquí a Tierra Blanca, qu'iba a Ciénega o a otras partes, y ahí lo miraban y que saludaba a la gente —en aquel tiempo eran pueblos muy chiquitos, así como ranchitos. Entonces parece que cuando los dueños tuvieron que abandonar l'hacienda, como ahí se quedó muy solo y coyotero, *pos* los bandidos comenzaron a robarse las cosas, entonces parece que San José se puso muy triste y mejor empacó sus chivas* y se fue de aquí. La verdad nadie sabe *p'ónde* ganó...

Jesús Rubio, campesino de Tierra Blanca

En la saga de leyendas cristianas que incluyen hazañas de santos o vírgenes no es extraño que uno de los milagros sea que la imagen de bulto se transfigure en un ser de "carne y hueso" —según las pláticas más que testimonios— como el ejemplo de este relato en el cual la imagen de san José se transfiguraba en ser humano para ver por el bienestar de la gente y la prosperidad de las tierras. En el relato aprendemos algo de la historia y las riquezas de la casi extinta hacienda de San José, de los tesoros que muchos han buscado y nadie ha podido encontrar y, sobre todo, la debacle al grado de que la imagen misma del santo patrón decidió irse para siempre.

* Enseres

El espíritu de los caracoles

Parás

En el tema de las artes mánticas y las creencias encontramos también los caracoles. Por un lado, en estas tierras no hay mar, pero mucha gente tiene en sus casas caracoles de mar que son decorativos, que han traído como recuerdo de un viaje a la playa. Sin embargo, mucha gente tiene una idea distinta y dice que ese tipo de caracoles es malo porque trae mala suerte al que los tiene. En la actualidad, la forma de expresarse ha cambiado y ahora se habla de las malas vibraciones; pero antes no se conocía esa manera de hablar. Recuerdo que en mi niñez, en casa había unos caracoles de mar, de los grandes color rosado por adentro y uno de chiquillo no piensa en nada malo ni cuestiona, pero a mi padre no le salían bien las cosas, andaba de mala racha. Entiendo que en cierta ocasión fueron de visita algunas amigas de mi madre y una de ellas al ver los caracoles le dijo que esos eran la causa de la mala suerte y que los tirara, pero que primero los metiera en agua salada y los dejara lunar tres noches. Así lo hizo mi madre y, en efecto, las cosas cambiaron poco a poco y a mi padre empezó a irle mejor. Éste es un ejemplo casi personal en este tema, pero sé de muchos otros y, aún así, no estoy del todo convencido de que tales caracoles sean de mala suerte, puesto que si uno conversa con gente costeña, allá tienen una opinión diferente al respecto.

Ahora bien, en estas latitudes sin mar existen los caracoles de tierra, esos que uno encuentra en el monte, ya no tienen el animalito adentro y el caparazón se ve todo blancuzco. Una vez que andaba acá por los municipios del norte, en el de Parás encontré a un hombre en busca de ese tipo de caracoles y explicó que eran buenos para la adivinación. Le pregunté cómo funcionaba ese método y dijo que primero hay que juntar una buena cantidad de esos caracoles y lavarlos en agua corriente antes de ponerlos a lunar por todo un ciclo. Cuando pasa la luna completa, se echan en agua pura y los que floten de todo el montón son los que sirven para adivinar la suerte y el futuro. Los demás se entierran, como si se les hiciera un funeral.

Sabemos que existen muchos métodos de adivinación, por ejemplo los granos de maíz o las puntas de flecha, aparte de los más conocidos y convencionales como las cartas, los asientos del café y la bola de cristal. En el caso de estos caracoles anduve averiguando más y aprendí que, según ciertas creencias, una vez que ha muerto el molusco, el caparazón queda vacío y se mete un espíritu a habitarlo, y ese es el espíritu que hay que invocar para hacer las adivinaciones. Y se le invoca de acuerdo con las preferencias particulares del adivinador, por ejemplo a través de un santo, de algún espíritu de la naturaleza o de otro espíritu pagano o moderno.

Don Evaristo

Existen muchísimos elementos de adivinación en el folklore de todos los pueblos: barajas, café, hormigas, maíz, nubes, piedras, runas, tabaco, etc., los cuales son utilizados casi exclusivamente por chamanes, magos y adivinos, aunque en tiempos recientes han proliferado los charlatanes que, por haber leído un libro, se hacen pasar por nigromantes.

Los caracoles, siendo otro tipo de adivinación, son utilizados comúnmente en las islas antillanas y del Caribe, y tal vez de allá llegó la tradición a estas tierras norestenses y acá se adaptó con los caracoles de tierra aunque, vale apuntar, que no es una tradición muy extendida entre los adivinos de la región.

El niño de san Cristóbal

Hualahuises

Déjame platicarte una tradición de Hualahuises que a lo mejor no te sabes. Desde siempre, cuando se vienen fuertes sequías en toda la región, el sacerdote en turno llama a todos los feligreses para que un día por él determinado saquen a pasear a la imagen de san Cristóbal en procesión por las calles del pueblo. No sé si será coincidencia o don divino, pero casi siempre llegan las lluvias. Pero, según recuerdan los viejos, en algunas ocasiones ni la procesión funciona y cuando eso sucede entonces alguien premeditadamente se "roba" al niño que la imagen de san Cristóbal tiene cargado y se lo llevaba a su casa para cuidarlo y alimentarlo con fe y devoción. Entonces, según los viejitos, esto nunca fallaba porque las lluvias llegaban inmediatamente. Y luego, uno o dos días después, el niño era regresado, sano y salvo, a la iglesia y a su protector, san Cristóbal.

Pues resulta que este verano (1990) el niño desapareció y nadie le dio mucha importancia al asunto porque todo mundo creyó que alguien se lo había llevado para hacer llover. Las lluvias llegaron y el tiempo pasó sin que el niño fuera regresado a su lugar. La gente se empezó a inquietar y finalmente dieron aviso a las autoridades porque parecía que era un robo y no parte de la tradición.

Ya te habrás de imaginar: se dijeron muchas cosas y conjeturas de quién se lo llevó y para qué. Pero, como ya te dije, son los más viejos los que recuerdan que en los tiempos de antes el niño "desaparecía" como parte de la tradición para hacer llover. Y, bueno, aunque andaban preocupados, ellos también tenían la esperanza de que no se tratara de un robo, sino de algo así como un acto premeditado por algún vecino que pronto lo regresaría al lugar donde debe estar porque ya habían llegado las lluvias.

Habrán sido unos dos meses después cuando, un sábado, mientras se desataba una tromba como no se recordaba en mucho tiempo, el niño apareció misteriosamente envuelto en una bolsa. Había una nota de agradecimiento de una mujer que hablaba del milagro concedido. Te habrás de imaginar cómo repicaron las campanas por 30 minutos; luego se ofreció una misa especial y el regocijo volvió a nuestro pueblo porque san Cristóbal ya tuvo otra vez a su niño en su custodia.

Norma Flores, contadora

En el verano de 1990, el niño Jesús que la imagen de san Cristóbal carga en hombros desapareció "misteriosamente" de su nicho en la parroquia. Esto trajo como consecuencia que una añeja tradición de la cabecera municipal de Hualahuises fuera recordada y se convirtiera en tema de conversación; tradición que es una costumbre muy arraigada en la localidad desde la época colonial, cuyos habitantes, como los de cualquier otro pueblo aridoamericano ávido de agua, han buscado y encontrado la manera de atraer las lluvias.

El guardián de la cascada

Linares, Rancho Viejo

Ahora que van a bajar hasta San Francisco, cuando pasen por una cascadita fíjense bien arriba de ella y van a ver una figura, como una máscara, tallada en una piedra. Quién sabe quién la habrá hecho, o a lo mejor apareció solita, pero es como la cara de un hombre y, según esto, es el guardián de la cascada. Yo no he oído que *haiga* tesoros o cosas d'esas, pero pa' que *haiga* un guardián es por algo, ¿no?

Pero eso no es todo, abajito de la cascada, donde el río hace curva p'acá (a la derecha), hay unas cosas muy raras de piedra que hacen como recovecos. Según cuentan —a mí no me ha pasado—, que cuando en noche oscura uno va a pie o a caballo y pasa por ahí, hay cosas que lo asustan. Se oyen voces ajenas, aullidos como del infierno y hasta el caballo repara y sale despavorido.

Una noche encapotada*, un compadre mío venía de Linares en su mula, y como el trayecto es largo, *pos* se le ocurrió pararse a descansar ahí, además de que el agua del chorrito es fresca y *güena*, pero antes de llegar, ahí donde están esas piedras raras, se oyó un ruido muy raro. La mula se asustó y pegó un brinco que tumbó al compadre.

La mula se vino, dejando a mi compadre ahí tirado y llegó solita a su casa y la señora (del compadre) se asustó, y nos fue hablar a todos, *pos* su señor no había llegado. Y *pos* nos arrancamos río abajo a buscarlo. Lo encontramos más acá, venía caminando todo golpeado y medio zurumbato; no sé si por el porrazo o por el susto. Pero nos platicó lo que le había pasado.

* Nublada.

Y *pos* ahí les digo, uno se cuida al pasar por ahí en noches sin luna o con cielo encapotado, por si las moscas, ¿no? Pero ustedes no se apuren, van a pasar de día y van a ver que hasta se ven bonitas esas cosas. Miren bien la máscara y luego échenle un ojo a las piedras esas, pa' que no vayan a pensar que uno es embustero.

Vecino de Rancho Viejo, en la sierra de Linares

Cualquier elemento natural u objeto de factura humana cuyo origen sea desconocido, suele estimular la imaginación y dar pie a mitos o leyendas. Existen muchos objetos extraños en todo el planeta, a los cuales se les atribuyen poderes mágicos —positivos o negativos—, o se dice que provienen de culturas arcaicas o fueron traídos por seres extraterrestres, entre muchas otras interpretaciones.

Como buen ejemplo regional podemos citar un rostro esculpido en la roca viva, conocido por quienes lo han visto como "el guardián de la cascada", pero que nadie sabe quién lo labró o desde cuándo está allí. Esta especie de petroglifo se encuentra entre unas formaciones caprichosas en la roca, con aspecto de columnas —no se sabe si naturales o hechas por alguien—, en un punto de la parte serrana del río Pablillo, entre San Francisco Tenamaxtle y Rancho Viejo, junto a una singular cascada que vierte agua tibia que contrasta con la fría agua del río.

78

El origen de los "orejones"

General Zuazua

De leyendas, de leyendas… pues sí, fíjese que hay una que todavía platican las gentes mayores, y nosotras también se las platicamos a los chamacos porque son cosas del pueblo, ¿verdad? Esta leyenda no sé desde cuándo sea, pero viene de una vez que hubo mucha carestía, peor que las crisis que traen los gobiernos de ahora. No, peor porque eran los tiempos cuando venían las tribus de indios a robar acá. Digo yo que habrá sido cuando la hacienda (de San Pedro) estaba en boga y como había mucha riqueza en la hacienda, y aquí en el pueblo ya había muchas casas también, entonces llegaban los indios del norte a robar. Sí, robaban y hasta mataban a la gente.

Entonces, la leyenda dice que una vez que ya se habían ido los indios y habían quemado casi todos los cultivos se vino una carestía muy horrible, y que como ya casi se venía la canícula, entonces la cosa se iba poner peor. Antes no era tan fácil irse a Monterrey o al "otro lado" a buscar trabajo, y si aquí no había trabajo, pues no había qué comer, y peor con la sequía y con la carestía que dejaban los indios. Entonces resulta que un día se apareció un viejito, o sea que de repente lo vieron que andaba solo caminando en la placita. Lo vieron unas gentes que venían saliendo de la iglesia y como no era nadie conocido, le preguntaron que quién era. No sé si les dijo su nombre o no, pero parece que les dijo a esas gentes que les avisaran a todas las gentes del pueblo que vinieran a la plaza porque les traía un recado o algo así.

Como Zuazua en aquel tiempo era un pueblo más chiquito que ahora, luego, lueguito se juntó todo mundo en la plaza y el viejito les estuvo platicando cosas y les dijo a las señoras que fueran a sus casas a traer lo que tuvieran guardado de comida. Muchas trajeron nomás calabacitas porque era lo único que tenían —los indios no quemaron los arriates de calabacita. Entonces el viejito les enseñó a cortar las calabacitas en pedazos y les dijo que los pusieran a secar en el sol. O sea, les explicó que cuando tuvieran muchas calabacitas, las pusieran a secar para que no se echaran a perder. Entonces gracias a eso la gente sobrevivió esa carestía.

Aquí le va una pregunta: ¿sabe por qué los "orejones" se llaman orejones? Bueno, eso también es parte de la misma leyenda. Mire, cuando la gente ya aprendió a secar las calabacitas, no sabían cómo nombrarlas y les pusieron "orejones" porque el viejito tenía las orejas muy grandes y la gente le decía "el orejón". O sea que bautizaron a los orejones en honor al viejito.

Pero ahí no queda la cosa. Cuentan que años después se volvió aparecer el viejito —dicen que estaba igualito, hasta con la misma ropa; es que las apariciones siempre están iguales— y como se dio cuenta que la gente había aprendido bien lo que les enseñó, entonces les enseñó a secar las frutas para hacerlas orejones. Por eso ahora hay orejones de manzana y de durazno y de chabacano también. Todo gracias al viejito y luego, gracias a Zuazua hay orejones en todas partes. ¿Cómo la ve?

Sra. Mague

Históricamente, en estos territorios habitaron grupos de cazadores-recolectores, como los catujanes, relacionados con los pueblos coahuiltecos, pero con la conquista los nuevos pobladores se convirtieron en agricultores y aprendieron a secar alimentos para asegurar su abastecimiento a corto plazo.

En este relato se explica cómo un pueblo aprendió a secar ciertos alimentos para subsistir durante las épocas difíciles, muchas ocasionadas por las incursiones indígenas (¿apaches o comanches?), siendo el origen de una tradición culinaria y, supuestamente, una dádiva de General Zuazua al mundo.

El santo Niño de Atocha

Monterrey

Mira, yo no soy muy creyente, ni voy a misa ni nada de eso, pero sí estoy segura de que hay cosas inexplicables, y se me hace interesante que la gente siga a tal o cual santo y le rindan tributo con harta devoción. Hasta hay veces que casi creo que son más fuertes esas creencias que las de la Iglesia misma. Mira, para qué irnos tan lejos: ahí tienes a los fidencistas y a los del Niño de Atocha. Se me hace bien raro que haya un espíritu para cada causa, como este santo Niño de Atocha que supuestamente ayuda a salir de problemas graves.

Me acuerdo muy bien que hace mucho platicaban de una señora que se había casado con un sujeto que la trataba muy mal y ella sufría bastante y se quería escapar, huir, alejarse de él. Dos o tres veces se fue case* su mamá, pero el tipo ese iba y se la traía y le ponía una golpiza de esas que a ninguna mujer se le debe dar, para que aprendiera a no irse.

Y pues así pasaba su vida, con sus niños y bien amolada; si no andaba mallugada de un brazo, traía un ojo morado. Pobrecita, la suerte no estaba de su lado. Pero todo tiene un arreglo o un final feliz como en las telenovelas, ¿verdad? Y resulta que un día una amiga de ella le recomendó que se encomendara al santo Niño de Atocha. Entonces ella, con tal de salir de aquel infierno, aceptó el consejo. Compró una vela blanca, de esas que traen la imagen, y siguió los rezos por nueve días. ¡Y santo remedio! El fulano nunca volvió a molestarla. Ella empacó sus chivas** y se largó feliz a rehacer su vida.

Y como esa historia, me imagino que hay muchas. Así que

* A la casa de.
** Enseres.

si una vez te hallas en un apuro y quieres escapar de algo que te aqueja, encomiéndate al Niño de Atocha y a lo mejor te ayuda. Ah, también creo que es el santo preferido de los reos, pues ellos le rezan a ver si pueden salir o al menos escapar de la cárcel. O sea que milagroso sí es.

Mónica Garza, maestra de biología

Al Niño de Atocha, una de las múltiples manifestaciones sincréticas del Niño Jesús, se le atribuyen numerosas virtudes y milagros; por ello es objeto de culto a lo largo y ancho del país. Esta advocación cuenta con un sinnúmero de templos y devotos, aunque su parroquia principal —y centro de peregrinación— se localiza en Plateros, Zacatecas, adonde cada 5 de febrero arriba una gran peregrinación para celebrar su festividad.

Es indudable que a ese santuario acuden muchas personas de Nuevo León, ya sea durante las fiestas patronales o en cualquier otra época del año. Al regresar, algunos traen consigo las leyendas y relatos que rodean a este espíritu benefactor; en otros casos, en las capillas o templos locales se han generado nuevas narraciones gracias a los milagros que se le atribuyen.

LA CRUZ DE MEZQUITE*

SUR DEL ESTADO

Los ancianos de siglos pasados contaban que la tradición de la cruz de mezquite no es asunto del cristianismo, sino que viene de más atrás, de mucho antes de que llegaran los españoles a tierras del Altiplano e impusieran su religión, la cual era desconocida y ajena para los habitantes del desierto: los huachichiles. Aunque los conquistadores veían todo lo que los naturales hacían como obra del demonio, lo único que sí aceptaban era que éstos le rindieran culto al mezquite. El hecho de tener sus brazos extendidos como si formaran una cruz, lo interpretaban como algo cercano a la religión cristiana. Pero la verdad sea dicha: para los nativos representaba un poderoso espíritu de la naturaleza manifestado en un árbol con apariencia humana, con su cuerpo erguido y sus brazos abiertos, al cual se le pedía que trajera las lluvias cuando una sequía era prolongada.

Al darse el sincretismo de creencias, con el paso del tiempo se perdió la esencia huachichil y el culto al mezquite con forma de cruz tomó un giro católico; en la actualidad, a cualquier mezquite con tales características le hacen su fiesta el 3 de mayo, día de la Santa Cruz. Sin embargo, cuando hay sequía, la gente le lleva ofrendas porque sabe que hará el milagro de traer las lluvias.

La tradición consiste en rendirle culto a los mezquites que crecen, de manera natural, en forma de cruz; pero sólo pueden ser mezquites (no cuentan los huizaches, los pirules, las

* Relato publicado originalmente en *Mitos y leyendas de huachichiles*. Secretaría de Cultura del Estado de Oaxaca. 2008. Libro reeditado en 2024 y disponible en Amazon.

barretas, las retamas o las uñas de gato, por ejemplo). Cuando alguien anda en el monte y descubre un mezquite con esas características, va a su pueblo o comunidad y da la noticia a todos los vecinos, quienes organizan una peregrinación para llevarle ofrendas al árbol sagrado y vestirlo. A partir de entonces, el mezquite es respetado, pues nadie se atreve a cortarlo porque así lo indica la tradición.

En Mier y Noriega cuentan que, en cierta ocasión, un campesino que desconocía esta tradición andaba en el monte buscando leña y al encontrarse un mezquite en forma de cruz decidió cortarlo. Llegó a su casa con una pila de leña y con la cruz para levantarle un altar. Cuando los vecinos se enteraron, le solicitaron que hiciera algo para pedir perdón, pero él dijo que no creía en esas cosas. Al tercer día cayó una tromba que arrasó con el pueblo, provocando la muerte de todos los integrantes de la familia del campesino, pero él se salvó. Éste, previendo que los lugareños tomarían represalias en su contra, había alcanzado a huir de la comunidad y jamás se supo de su paradero. Entretanto, la gente tomó la cruz, organizó una peregrinación para devolverla a su sitio original y la enterró. La lluvia continuó por varios días más, hasta que la furia del poderoso espíritu se calmó. Pero aquí no concluye la historia: afirman que allí mismo creció un robusto mezquite también en forma de cruz, el cual sigue en pie y la gente lo venera.

Homero Adame

La virgen aparecida en la roca

Linares, San Francisco Tenamaxtle

Usté sí conoce p'arriba del río, ¿vedá? *Güeno, pos* ha de haber visto la virgen, ¿no? Yo nunca l'he *vido*, y mire que un montón de veces he andado por allá y m'he *fijao* con detenimiento, pero o soy yo o m'imaginación es muy maniada* y no la miro como dicen que se mira. Com'un día qu'iba con un amigo en burro y él me dijo: "Mírela, compadre, ahí *'tá* la virgen." Él sí la divisaba, pero yo no la *vide*.

[...] Quién sabe quién la pondría ahí. Yo y'ando por los 80 y tantos contaditos y m'acuerdo que mi *apá* decía que su *buela* ya le decía que las gentes de más *denantes* ya conocían la virgen. Unos dicen qu'está pintada en la piedra, otros que l'hizo Dios nuestro señor, y otros qu'el agua lluvia manchó la piedra. Desde el río se divisa, según los *asegunes*, pero está muy p'arriba. Hay gentes que s'han subido canteando una vereda p'arriba entre las peñas y cuentan que se mira bien bonito desde all'arriba. Yo nunca subí la vereda *pos* ya'stoy muy cholenco y luego imagínese que me caiga; de seguro me quiebro todito el *güesamento*, si es que no me *petateyo*.

[...] No, que yo sepa la virgen no hace milagros. Ella nomás *'tá* ahí. Pero los que pasan se *persinan*, aunque ha de ser por pura costumbre, digo yo. Ora hay gente que viene de arriba (comunidades como La Palma y Rancho Viejo), y nomás se *persinan* también, pero había un señor ya grande que llegaba aquí a la tiendita y luego platicaba que la virgencita esa cuidaba a los rancheros que les ganaba la noche en la sierra pa' que regresaran con bien a sus casas. Eso decía él.

Don Juanito, comerciante

---

* Torpe.

En el folklore mexicano, las leyendas sobre vírgenes no siempre se relacionan con el arquetipo de la mujer que concibe un hijo —siempre varón— por intervención divina. Más bien, suelen referirse a apariciones marianas profundamente influidas por el pensamiento mágico-religioso de tradición católica. Estas manifestaciones pueden explicarse de diferentes maneras y por causas diversas, incluso por efectos del intemperismo, y suelen presentarse en lugares insospechados.

Por lo general, a una aparición mariana se le atribuye un propósito: auxiliar a alguien, fortalecer la fe de una comunidad o transmitir un mensaje moral o didáctico. Cuando la figura se manifiesta en un objeto cotidiano o en un elemento natural se produce una hierofanía: lo profano se transforma en sagrado, y el entorno adquiere un nuevo significado dentro del imaginario colectivo.

Cabe añadir una pequeña nota sobre San Francisco Tenamaxtle, una comunidad serrana en el municipio de Linares donde este relato fue escuchado, y abrir una pregunta de por qué el lugar se llama así. Sabemos que Francisco Tenamaxtle es un personaje histórico del siglo XVI. Fue un guerrero caxcán que lideró la Guerra del Mixtón entre 1541 y 1542. Se le recuerda como un héroe cultural en su natal Nochistlán, Zacatecas.

La virgen de la Purísima Concepción

Linares, La Petaca

Sabemos que la construcción de la iglesia fue el día 8 de diciembre de 1885, pero para esas fechas la virgen ya andaba de casa en casa. Siempre había alguien que la cuidaba por un tiempo y luego la pasaban a otra casa —explica una de las mujeres con quienes estuve platicando en la iglesia de La Petaca para una investigación sobre las leyendas relacionadas con esta imagen patronal.

Pero la virgen llegó aquí porque había un señor de Linares, que se llamaba Felipe Galván, que decía que se la había sacado en una rifa, allá en México, aunque él decía que la virgen venía de España. Primero llegó ella en barco, desde España, y ya de México él la mandó traer en tren. Sí, acá llegó en tren.

Ya para cuando se supo que se iba construir la capilla, se convocó a toda la gente del ejido y se les pidió que trajeran cada uno una alhaja para ofrecerla a la virgen. Todos cooperaron, hasta las brujas, y antes de que el padre pusiera la primera piedra, cavaron un pozo bien hondo abajo del altar y todos echaron su alhaja adentro. Con eso se aseguró que la virgen cuidaría de los bienes materiales y de la prosperidad de la gente.

—Yo sí sabía que la virgen fue traída de México, porque no es aparecida, pero eso de que el señor Felipe Galván se la sacó en una rifa no sabía. Sepa la bola si será cierto —dice otra de las mujeres.

—Entonces aquí no hay pláticas de que la virgen se haya aparecido, ¿verdad?

—No, esta virgen no es aparecida, como luego dicen que se han aparecido unas vírgenes o unos santitos en otros lugares. Aquí cerquita se apareció san Martín de Porres, ¿sí sabía de eso?

—Sí, ya me han platicado esa leyenda.

—Bueno. Pero fíjese que mi mamá nos contaba que el día que trajeron la virgen hicieron una fiesta y eso de que la gente echó una joya en el pozo que hicieron donde está el altar también es cierto porque mi mamá nos contó eso. Ella no estuvo ahí porque todavía no nacía, pero su mamá —mi abuela, ¿verdad?— sí estuvo entre la gente. Decía [mi mamá] que decía ella (su mamá) que también sacrificaron una gallina y la echaron al pozo donde ya habían echado las joyas.

—¿Sacrificaron una gallina? ¿A poco el padre permitió eso?

—Sepa, pero de que lo hicieron lo hicieron porque, si no, mi mamá no nos hubiera contado eso. Ah, pero digo yo que a lo mejor fue cosa de los brujos, o sea que han de haber tenido un acuerdo con el padre y así todos contentos, ¿no?

En la primera versión de esta leyenda se menciona una tradición cristiana que se lleva a cabo justo antes de empezar a construir una iglesia o capilla: arrojar objetos valiosos en el hoyo donde se colocará la primera piedra. En la segunda versión se menciona un elemento adicional y pagano: sacrificar un animal y echarlo en el mismo pozo junto con las joyas. En este caso de La Petaca, supuestamente se sacrificó una gallina, lo cual llama la atención porque en otras regiones del país con influencia indígena hacen rituales similares, como por ejemplo entre los totonacas cuando levantan el palo que sirve a los voladores de Papantla.

Por qué se construyó en ese lugar la iglesia de la Purísima

Monterrey

Tengo entendido que construyeron la iglesia de La Purísima ahí porque hay una leyenda muy antigua que nos contaban mis abuelos. Según esto, esa iglesia en su estado original era una capilla muy simple, muy rústica, pero luego la remodelaron a mediados del siglo pasado (**xx**). Entonces, según como cuentan la leyenda, parece que a principios de 1800[*] aquí en Monterrey cayó una tormenta peor que los huracanes que a nosotros nos ha tocado vivir, o sea, una tormenta que inundó toda la ciudad en aquel tiempo, cuando todavía era una ciudad relativamente pequeña. Según se cuenta, la tormenta duró 40 días seguidos y los ríos se desbordaron y la mortandad estaba al día, lo mismo que las epidemias.

Dicen que la gente rezaba y rezaba y hacía lo que podía, pero nada cortaba esa tormenta tan prolongada. La única esperanza que les quedaba era un milagro divino y cuentan que sí se dio, pero no por gracia de los sacerdotes, sino por una india. Imagínate, la fe de una india fue más fuerte que la del obispo[**] y todo su séquito.

Bueno, según la leyenda, más allá del Obispado, que en aquel tiempo eran las afueras de Monterrey, vivía una familia de indios —parece que de origen tlaxcalteca, no estoy seguro. Creo que el hombre era zapatero y la mujer era artesana; a ella le encargaban que restaurara imágenes religiosas, entre

---

[*] En algunas versiones se dice que fue en a finales del siglo xviii, y en otras se especifica el año: 1718.

[**] De acuerdo con los datos históricos, el primer obispo de Monterrey fue nombrado en 1779 y la construcción del Palacio Episcopal, u Obispado, inició en 1787.

otras cosas. Entonces, cuando la lluvia estaba en su apogeo y el agua ya empezaba a subir al cerro del Obispado, cuenta la leyenda que esa mujer sacó de su casa la imagen de la virgen de la Purísima —ella la tenía porque la estaba restaurando— y caminó hasta el margen del río que llevaba mucha corriente y se hincó con la virgen sabiendo que a lo mejor la corriente se la podía llevar *contoy*[***] imagen. Estuvo rece y rece y de repente se escuchó un trueno en el cielo y luego una luz, como un rayo, se vio hacia esa parte de la ciudad, donde estaba la india con la virgen. Luego lueguito el cielo se abrió y dejó de llover, y al poco rato la corriente empezó a bajar.

Todos dijeron que fue un milagro y que los sacerdotes le pidieron a la mujer que entregara la imagen para llevarla al obispado, pero ella les dijo que la virgen le había pedido que le construyeran su propia iglesia y así fue como levantaron la iglesia de La Purísima.

Sebastián Cantú, estudiante de ingeniería

Muchas leyendas mexicanas surgidas durante la época colonial buscan explicar por qué se construyó un templo o una capilla en un lugar específico. Sin embargo, rara vez mencionan que en ese mismo sitio pudo haber existido previamente un adoratorio o centro ceremonial prehispánico. Esta omisión —consciente o no— revela cómo la tradición oral y la narrativa colonial tendieron a reinterpretar o encubrir la sacralidad indígena previa, sustituyéndola por motivos cristianos que legitimaban la nueva apropiación del espacio.

Por su parte, las apariciones marianas también son frecuentes dentro de este mismo corpus de relatos, en los cuales se repiten motivos característicos de dicha mitología: la fe, el rayo de luz, la manifestación sobrenatural y el milagro. Estos elementos constituyen, en este caso, la esencia de la historia aquí presentada.

[***] Con todo y.

San Isidro Labrador

Los Ramones

Bueno, una costumbre muy de aquí de Los Ramones es la de robarnos la imagen de san Isidro Labrador cuando la seca está bruta. Alguien se la roba y luego ahí vamos todos en bola como en peregrinación para pedirle al santito que nos traiga la lluvia. Y no falla, fíjese que no falla. No pasan dos días y se vienen las nubes y el aguacerazo —uh, cómo baja la calor— y cuando ya llovió la gente organiza una pachanga que siempre se pone buena. Entonces la costumbre es de llevar la imagen —en peregrinación, como le digo—, a las labores y ahí vamos todos —hasta uno que ni siembra— y las mujeres cante y cante y la raza haciendo bola. Es como una fiesta, y la hacemos porque no falla.

[...] La verdad no sé desde cuándo se hace, pero ya tiene un chorro de años. Dicen que antes sacaban la imagen de san José —es el patrón del pueblo—, pero que no llovía; por más que lo pasearan no llovía, o sea que no hace ese milagro, pero sí cumple otros, eso sí. Hasta dicen que una vez ahí lo tuvieron castigado en el río (San Juan) y ni así llovió. Pero entonces a no sé a quién se le ocurrió hacer eso de robarse la imagen de san Isidro, y como él es el mero patrón de la siembra, pues que se viene el agua y desde entonces es la costumbre aquí.

Rogelio, mecánico

En otra saga de relatos sobre santos y vírgenes existen muchas variantes de determinadas imágenes que ayudan a traer las lluvias. Ejemplos hay bastantes, como en Hualahuises, donde se "roban" la imagen del Niño de san Cristóbal con ese propósito, o en San Isidro de Fernández, municipio de Doctor Arroyo, donde organizan una procesión con la imagen patronal cuando la sequía es muy prolongada.

Antes de la llegada de los españoles, en Mesoamérica existían deidades vinculadas a la lluvia, como Tláloc entre los mexicas y Chaac entre los mayas, a quienes se ofrecían rituales y ofrendas para propiciar las lluvias. En cambio, sobre las prácticas relacionadas con este tema en la Aridoamérica se conoce muy poco.

Con la conquista se produjo una profunda fusión cultural en múltiples niveles, generando diversos procesos de sincretismo ritual y simbólico. Entre ellos destaca la transferencia de atributos y funciones de antiguas deidades agrícolas prehispánicas a figuras del santoral católico, como ocurrió con san Isidro Labrador, quien terminó asumiendo roles asociados previamente a entidades vinculadas a la fertilidad y al ciclo agrícola en las sociedades mesoamericanas. San Isidro Labrador es uno de los muchos santos de origen español que llegó a nuestras tierras con la conquista. En España era ya patrón de los agricultores y campesinos, además de traedor de lluvias, y en nuestras tierras se arraigó el culto, siendo el 15 de mayo el día que se le festeja y cundo tradicionalmente se hacen las ofrendas y peregrinaciones para pedir las lluvias y las buenas cosechas.

Una represalia

General Terán

Yo soy de Cadereyta, pero crecí en Monterrey; todavía hay familia allá y de vez en cuando vamos a visitarlos. Sí sabe que los de Cadereyta tienen mala fama de estar bien lloviznados*, ¿verdad? Y sí, hay algo de eso, pero para lloviznados los de [General] Terán, que si no. Un tío, hermano de mi jefe, cuenta una talla** —bueno, no sé si sea talla, leyenda o *haiga* sido historia real— que pasó supuestamente allá en Terán hace varios años.

La cosa fue que hubo una seca muy larga y se puso muy feo por todo ese rumbo, por todos lados se puso feo, nada que llovía y nada que llovía y hasta cortaban la luz porque había recortes. Y como es costumbre en algunos pueblos, por ejemplo en Los Ramones que sacan a pasear la imagen de san Isidro para que traiga las lluvias, alguien dijo allá en Terán que para qué andaban sacando a un santo si la virgen es la más poderosa. Entonces se juntaron varias gentes y sin pedirle permiso al padre entraron a la iglesia, bajaron la imagen de bulto de la virgen y salieron a la calle. Empezó la procesión y se fue juntando mucha gente. No, los vatos llevaban fara-fara*** y toda la cosa, y eso animó a más gente que se fue pegando a la procesión que caminó por las calles del pueblo y luego le siguieron por las labores. En la tarde regresaron la imagen a su nicho, con todo cuidado. Al día siguiente pues que se deja venir un tormentonón tan pero tan fuerte que anegó todos los campos de labranza de Terán y también de Montemorelos, anegó las huertas y hasta se desbordó el río Pilón; la carretera

*   Locuaces, zafados.
**   Chiste.
***   Estilo musical norteño.

quedó obstruida también. Se puso feo de a madre porque hubo muertos y mucha gente perdió todo por causa de aquella tormenta que duró muchas horas. Fue un desastre como cuando el [huracán] Gilberto le puso una santa friega aquí a Monterrey, ¿se acuerda?

Dos o tres días después, o sea ya cuando pasó todo aquel desmadre, aquellas mismas gentes que habían ido a sacar la imagen de la virgen para que trajera las lluvias regresaron a la iglesia, pero ahora sacaron la imagen de Jesucristo crucificado y se fueron al río. En la orilla le dijeron: "Mira, hijo de tu pink floyd, para que veas el desmadre que hizo tu chingada madre", y lo aventaron a la corriente. Eso sí es estar lloviznado de a tiro, dígame si no.

Juan Carlos Uribe, taxista

Sin que deba entenderse como un caso aislado o relato único, pues existen ejemplos análogos de represalias simbólicas contra las divinidades en numerosas culturas, prácticas como "castigar" a san Antonio poniéndolo de espaldas o de cabeza ilustran un fenómeno ampliamente documentado: la expresión de la ira humana frente a entidades sagradas. Esta reacción puede interpretarse como un contrapunto a la ira divina ante las faltas humanas, un motivo recurrente en múltiples tradiciones mitológicas.

En este caso, la ira es por un exceso divino, por una petición cumplida con exageración y, también, por el sentimiento de impotencia. Es interesante el ejemplo extremo, sea leyenda, chiste o anécdota, extremo por involucrar la imagen de Jesucristo en la cruz, el símbolo más venerado en el mundo cristiano y también interesante por el desenlace que, visto desde cierta óptica más allá del chiste, más que un acto de iconoclasia sería el máximo sacrilegio.

Hay santos para todo

San Pedro Garza García

Uno tiene sus creencias porque crece con ellas y no las cuestiona, son de uno. Desde chicos nos las inculcan en la casa, en la escuela y, por supuesto, en la iglesia porque nos mandan al catecismo; es la tradición que nadie alega. Luego hay gente que viene con otras ideas y ellos quieren cambiar las creencias de uno; son esos que les dicen los aleluyas. Ahí andan de puerta en puerta —en domingo son un fastidio y no se dan cuenta los no tan pobres—, ahí andan cambiando religiones y la verdad es que no siempre son gente muy respetuosa muchas veces porque ellos deberían de respetar las ideas de uno y, aunque andan predicando de buena fe, muchos de ellos hasta se enojan cuando uno no les quiere hacer caso o cuando no los escucha. Esto lo digo porque mi papá era un hombre muy leído y le gustaba aprender cosas, le gustaba averiguar, y cuando alguien le preguntaba o le comentaba algo, él cuestionaba y siempre dijo que en el asunto de la política y la religión había muchos malos entendidos que hasta acababan con amistades. Papá no era un hombre muy religioso, pero era creyente y apoyó la causa; me acuerdo que ayudó en la construcción del templo de san Judas aquí en San Pedro. Él decía que la iglesia católica, o sea la religión católica, fue la conveniente para México porque, antes de que llegaran los conquistadores, los naturales de estas tierras, o sea los antiguos pobladores, tenían muchas creencias en muchos dioses, que el dios de la lluvia, que el dios del trueno, que el dios de la Muerte, que el dios de la siembra, que el dios del maíz y sígale. Decía mi papá, con toda razón, que había dioses para todo y decía que los españoles evangelizadores aprovecharon eso porque eran politeístas —o sea que aunque creemos en un solo dios, creemos también en los santos— y nada más cambiaron los nombres y las imágenes, pero que las antiguas creencias siguieron siendo las mismas.

Ahora tenemos santos para todo. Muchos se encomiendan a san Juditas por ser muy milagroso para las causas imposibles, como es también santa Marta, o a la virgen de Guadalupe por ser la madre de los mexicanos, y también a la virgen de San Juan de los Lagos, pero si van a bendecir las semillas le llevan ofrendas a la Candelaria para las buenas cosechas y si hacen falta las lluvias se encomiendan a san Isidro Labrador y hasta para conseguir marido ahí está san Antonio y, si no cumple, lo castigan. Los que padecen de la vista se encomiendan a santa Lucía —tan regia y nuestra ella— y así tenemos a los muchos santos y a las vírgenes que nos ayudan en todo. Esto es así porque la gente quisiera encomendarse a Dios, pero decía mi papá que Dios está muy ocupado en el universo y dispuso a sus encargados en la Tierra, que son los santos y las vírgenes, para que atiendan las necesidades de nosotros los humanos. Eso decía mi papá y me acuerdo de que también lo decían los del catecismo con sus palabras; me imagino que lo siguen diciendo porque es parte de su catequesis. Deje me explico: es que cuando estamos metidos en algún problema muy fuerte, recurrimos a Dios o a Jesucristo —su hijo y representante—, pero luego no se nos cumple o no se arregla el problema y nos enojamos, y culpamos a Dios por ser tan injusto, pero en eso estamos equivocados porque Dios está muy ocupado en otras cosas y su hijo está muy ocupado en las alabanzas cuando la verdad es que debemos encomendarnos a alguno de los santos con el propósito específico. Así decía mi papá y así dicen en el catecismo. Hay santos para todo porque Dios así lo dispuso, Dios encomendó a cada santo o a cada representación de la virgen que se ocupara de los asuntos, cada uno en su asunto.

Y mire —esto lo digo yo, es cosa mía, no que lo dijera mi papá—: otro error que muchos cometemos es pedirle a un santo que nos conceda un milagro equis, pero cuando ese santo no está comisionado o sea que no trabaja para ese tipo de milagro, pues claro que no lo va a conceder porque no es su comisión, no es su encomienda, ¿verdad? Entonces, le digo, tenemos que tener cuidado con eso para no sentirnos defraudados porque es como dicen: "No le pidas peras al olmo".

Fidelfa Benítez y Galarza

El dios supremo, illud tempore, *ha sido parte fundamental del pensamiento mágico-religioso, esencial en los mitos, las creencias y las religiones. Sin embargo, la mitología ha identificado que entre los pueblos, desde los primitivos hasta los más recientes, el dios supremo ha sido suplantado por otras deidades. Pocas son las culturas cuyas religiones conservan un Dios supremo presente; en la mayoría, éste es un dios ausente porque no desempeña un papel preponderante en el culto, en ocasiones ni secundario, toda vez que ha sido sustituido por otras fuerzas o símbolos religiosos como pueden ser los tótems entre las culturas consideradas como más primitivas, o los santos en el catolicismo o sus equivalentes en otras religiones. Tales santos, como apunta la narradora, hacen del catolicismo una religión hasta cierto punto politeísta, dado que el dios supremo es un dios ausente y todos lo menesteres divinos recaen en Cristo, la Virgen o los numerosos santos.*

LA INUNDACIÓN

LINARES

Esta virgen es muy milagrosa. La recibí como encargo más que como regalo y desde entonces la cuido. Es muy bella la virgen y muy milagrosa. Mucha gente viene aquí a su humilde casa a darle gracias por algún milagro concedido, le traen ofrendas y por eso a ella nunca le faltan flores frescas.

Usted se acordará que en el verano de 1976 sufrimos una inundación tremenda aquí en Linares. No hubo huracán, pero se dejó venir una tempestad infernal. Llovió tanto toda la noche que la gente empezó a venirse aquí a esta casa para pedirle ayuda a la virgen. Estuvimos en oración que ni los truenos nos interrumpían. En la madrugada oímos la avalancha del río y salimos corriendo todos a lo más alto, a las calles de arriba. El río se llevó todo, todas las casas y los corrales se fueron. De lo que era nuestro terreno no quedó más que puras piedras que trajo la corriente. Nada se salvó, excepto la virgen que quedó intacta en el nicho donde siempre la he tenido. Fue un milagro que no se la haya llevado la corriente, pero su milagro más grande fue que, aunque se perdieron las cosas materiales, no hubo pérdidas humanas cuando esa inundación.

Demetrio Velázquez, artesano

Las márgenes del río Pablillo en Linares han sufrido inundaciones y destrucción en distintas épocas; la de 1976 fue devastadora, como lo explica el narrador. De manera inexplicable, la imagen de una virgen a su resguardo quedó intacta, ante el asombro de propios y extraños.

La virgen de la Peña[*]

Galeana, El Peñuelo

Cuentan que la virgen de la Peña se le apareció a una pobre señora que iba todas las tardes a llorar porque le mataron a un hijo en la guerra. Ella se sentaba en una palma para recordar a su hijo y lloraba y lloraba sin que nadie pudiera consolarla. Siempre que estaba allá llorando oía una voz que le decía que no se preocupara, que su hijo estaba descansando en brazos de Dios. Así ocurrió muchas veces, oyendo esa voz, hasta que se dio cuenta de que en una peña que hace muchos siglos se desbarrancó de la punta del cerro estaba la figura de la virgen y que era ella la que le hablaba. La señora se vino corriendo al poblado y le dijo a toda la gente lo de la aparición milagrosa. Al principio como que nadie le creyó porque decían que se estaba volviendo loca de tanto llorar, pero como ella les decía que sí era cierto, entonces fueron todos con ella nomás por no dejar. Ah, qué sorpresa tan bonita se llevaron cuando vieron que en la peña estaba una imagen de la virgen y llegaron a la conclusión de que sí era aparecida porque antes no estaba.

Ernestina Balderas García

La imagen mariana en la roca aquí citada se encuentra al pie del cerro de El Peñuelo. Aunque no es una representación de la virgen de Guadalupe, los lugareños le hacen fiesta y le llevan flores y ofrendas el 12 de diciembre.

[*]   Esta leyenda fue publicada en el libro *Haciendas del Altiplano. Historia(s) y leyendas. Tomo II.* Secretaría de Cultura de San Luis Potosí. 2010. La 2da. edición fue publicada en 2023 y está disponible en Amazon.

La virgen del Roble

Monterrey

Ahora que cuentas esas leyendas de apariciones sagradas en los árboles, me acuerdo de que mi mamá contaba de la virgen del Roble, la virgen que tiene su iglesia en el centro, allá rumbo al mercado Juárez. No me acuerdo bien cómo contaba esa historia, pero era algo como que una mujer escuchaba ruidos en el monte, o sea en las afueras de Monterrey cuando Monterrey era un pueblito. Esa mujer iba al río y en "el monte" escuchaba ruidos, voces y un día se fijo que venían de un árbol, de un roble, y allí estaba la imagen de la virgen. Decía mi mamá que era imagen aparecida, un regalo divino, pero nosotros le decíamos que seguramente la metieron allí los frailes para controlar a la población que, en aquel tiempo, era mayoritariamente de indios, ¿verdad?

Luego leí en El Porvenir* la historia de la virgen del Roble. Contaba que un fraile la escondió en un hueco de un árbol, un roble, para protegerla de los indios que andaban destruyendo todo lo que fuera español. Al fraile lo mataron y la imagen "se perdió", hasta que una mujer la encontró cuando iba al río y escuchaba voces. Avisó ella a sus padres, ellos a los sacerdotes y cuando dieron fe de "la aparición" decidieron levantar allí su templo. Y allí sigue, rumbo al mercado.

Elvira Macedonio, maestra

De la iconografía y mitología arcaica existen innumerables ejemplos de diosas junto a árboles. Esta leyenda, al parecer, tiene su origen en 1592, cuando fray Andrés de León escondió una imagen de bulto en el hueco de un roble para protegerla de los ataques de los nativos.

* Periódico fundado en Monterrey, en 1919.

Nuestra Señora del Pueblito

Hidalgo

Estas tierras eran de la hacienda de San Nicolás, pero aquí le decían El Pueblito, aunque ahora ya es Hidalgo, en honor al cura Hidalgo. En la capilla tenían la imagen patronal de San Nicolás de Bari que, creo, es una imagen traída de Italia. Luego una vez que hubo cambio de sacerdote, el nuevo que llegó era más devoto de la virgen María. Le pidió a un señor llamado Máximo Elizondo que le consiguiera una imagen de la virgen cuando anduviera en sus negocios en el centro del país; él tenía carretas y transportaba mercancías. Andaba en Guanajuato cuando ese señor Elizondo se enteró que estaban rifando una imagen de la virgen María. Compró todos los boletos y pues claro que ganó. La trajo luego, luego y acá la recibieron con procesión y fiesta. Luego el sacerdote se puso de acuerdo con todos los vecinos y con los hacendados y consagró la imagen como Nuestra Señora del Pueblito. Esto que le cuento fue después de que se diera la Independencia y el cura Miguel Hidalgo se convirtiera en héroe de la historia.

Juventino Maldonado, comerciante

Cuenta la historia que en 1830 la imagen de la virgen fue consagrada con el nombre de Nuestra Señora del Pueblito y, desde entonces, cada 8 de diciembre (fecha de la Purísima Concepción) se celebra su fiesta patronal.

En este relato es notable el elemento de la rifa, pues en muchas partes de México existen historias similares sobre imágenes religiosas que fueron rifadas y, gracias al azar, terminaron donde ahora se encuentran. Sin embargo, en este caso el azar no fue factor determinante.

Un sacerdote conjuró al río

Monterrey

Cuentan por ahí que el río Santa Catarina no lleva agua porque está conjurado. Antiguamente, cuando llegaban las lluvias, el río siempre se desbordaba y arrasaba con las casas, algunas tan distantes como las de la colonia Estrella. Después de tantos desastres, un día la gente ya harta de eso fue a hablar con el sacerdote de la iglesia La Purísima y le pidieron que hiciera algo. Ese fue el padre que conjuró al río.

Cuenta que una tarde, después de una tormenta con el río amenazando desbordarse, mientras el sacerdote daba la misa al aire libre toda la gente se tomó de las manos para hacer una valla a lo largo del río. El padre roció agua bendita en todas las manos entrelazadas como sellando la valla y luego le ordenó al río que nunca más volviera a cruzar ese límite. Echó humazos de incienso mientras decía aquellas palabras en latín, que era el idioma que ante usaban para decir misa.

Desde entonces, el río se desborda de vez den cuando y provoca desastres de otro tipo, pero no arrasa con las viviendas ni cruza el límite conjurado por aquel sacerdote.

Santiago Alanís Leal, vecino de Santiago

El conjuro es un elemento muy poderoso en el folklore universal, utilizándose para invocar la presencia y ayuda de espíritus o de seres sobrenaturales con el fin de evitar un peligro. El conjuro suele ser dicho por alguien que tiene la potestad para hacerlo, como puede ser un sacerdote, un hechicero, un chamán que usa el recurso de cánticos, oraciones, plegarias o lenguaje arcano para lograr su objetivo.

LEYENDAS DE TESOROS

Otros libros del mismo Autor

Narrativa

Viajes Por México: un mundo plural entre fronteras. 1ra. edición: SLP/CDMX. 2026.

El pueblo festivo. 1ra. edición: Cuernavaca, Morelos. 2024.

Catorce voces por un Real. 2da. edición: SMA, Guanajuato. 2024.

Investigación

Haciendas del Altiplano. Historia(s) y leyendas. Tomo I. Grandes latifundios virreinales. 2da. edición: SMA, Guanajuato. 2024.

Haciendas del Altiplano. Historia(s) y leyendas. Tomo II. De la Independencia a la Revolución. 2da. edición: SMA, Guanajuato. 2023.

Creencias, mitos y leyendas de animales. 2da. Edición: SMA, Guanajuato. 2024.

Judíos ashkenazitas de San Luis Potosí. Las familias. 2da. Edición: SMA, Guanajuato. 2024. (Coautor)

Plantas medicinales del noreste mexicano. 2da. Edición: SMA, Guanajuato. 2024. (Coautor)

Mitos y leyendas

Historias y leyendas de San Miguel de Allende / Stories and Legends of San Miguel de Allende. Edición bilingüe / Bilingual Edition. 1ra. edición: SMA, Guanajuato. 2025.

Mitos y leyendas del norte de México. 1ra. edición: CdMx. 2024.

Mitos y leyendas de Nuevo León. 1ra. edición: SMA, Guanajuato. 2024.

Misterios - leyendas de San Luis Potosí. 2da. edición: SMA, Guanajuato. 2024.

Mitos y leyendas de huachichiles. 3ra. edición: SLP. 2026.

Mitos, relatos y leyendas de todo San Luis Potosí. 2da. edición: SMA, Guanajuato. 2023.

Mitos, cuentos y leyendas de Nuevo León. Regiones Citrícola y Sur. 1ra. edición: Guadalajara, Jalisco 2022.

Agapito Treviño
"Caballo blanco"

Santiago

Ese Agapito Treviño ha sido el *pelao* más móndrigo que ha nacido en esta tierra. *Naiden* como él pa' las insidias y pa' las cosas buenas. Ayudaba a la gente pobre, pero como no tenía dinero, robaba a los ricos y repartía los botines con los más *amolaos*. Le decían "Caballo blanco" porque siempre andaba en un caballo blanco muy chulo. Bueno, eso cuentan porque yo no lo conocí. Mi *buelo* nos platicaba d'él.

Creo qu'era de Monterrey y que no tenía casa fija. Con eso de que siempre la ley le andaba dando persecución, *pos* Agapito s'escondía donde le diera la noche, ¿no?, o hacía rancho anc'alguien qu'el *mesmo* ayudaba. A mi entender se metía en las cuevas de toda la sierra. Ahí andaba él p'arriba y p'abajo, asaltando diligencias y repartiendo las ganancias con los pobres. Pero lo curioso es qu'este *pelao* trabajaba solo —robaba solo, *¿vedá?*— porque no *traiba* gavilla ni nada; él solito se las ingeniaba pa' robar, pa' repartir y pa' pelárseles a los pelones[*].

Y bueno, aquí atrás de la presa [de la Boca] hay un cuevonón más grande de lo que *usté* s'imagina. ¿Ya la conoce? Ah, bueno, entonces sabe de la que l'estoy hablando. Y fíjese que cuentan qu'en esa cueva Agapito escondía los tesoros, pero luego yo me pregunto: ¿y cuánto podía cargar si siempre andaba solo y nomás con su caballo? Ni modo que cargara con hartos costales de monedas...

Según los *asegunes*, Agapito escondía los dineros en esa

---

[*] Federales.

cueva, como ya le dije, pero *naiden* que yo sepa ha encontrado nada d'esos dineros. Con decirle que luego esa *mesma* cueva se convirtió en mina, y hasta metieron una *yipa*. ¿Cómo l'habrán hecho pa' subirla hast'arriba? ¿Ta canijo, no? Y d'esa mina quién sabe qué sacaban, pero no eran los centavos de Agapito. A mí se me hace qu'eso de los tesoros son puros cuentos, porque si Agapito se la pasaba repartiendo los botines, ¿a poco iba esconder otras cosas?

Y mire, de aquel *lao* del cerro [de la Silla], en Apodaca y Juárez y también en Guadalupe hay otras cuevas que también dicen qu'eran las guaridas de Agapito. Pero pa' mí que ésta era la mera *güena* porqu'es la más grandota de todas, ¿no? Ah, y luego no cree que según esto de aquí salió un hombre pájaro cuando el huracán (Gilberto, 1988). Hasta de la tele vinieron hacer un reportaje, pero esas gentes no preguntaron por este asunto de Agapito, con eso que andaban con el brete del pájaro ese. ¿O sería que no sabían que aquí mero Agapito Treviño "Caballo blanco" tuvo su refugio?

Eleuterio Marroquín, de El Cercado

Guadalupe

De lo que yo sé, porque son pláticas de siempre, es que Agapito Treviño fue un ratero y traía en friega a la policía y a los ricos, pero no fue matón. Eso dicen. Nació aquí en Guadalupe cuando esto era hacienda y parece que a su familia la despojaron de sus tierras y eso hizo que Agapito creciera con rencor. Pero era un alma buena porque robaba a los ricos para ayudar a los pobres y nunca disparó su pistola contra ningún cristiano. También sé, por lo que cuentan, que lo atraparon varias veces, pero siempre se pelaba y en su caballo ganaba pa' la sierra y ahí ni quién diera con él porque tenía guaridas por todas partes y en esas guaridas escondió *munchos* tesoros. Eso dicen también. Y finalmente lo atraparon, creo que allá del otro lado de Reynosa, lo trajeron encadenado a Monterrey y no le hicieron juicio ni nada, nomás lo fusilaron.

Y ahora acá viene el chiste: Agapito Treviño murió fusilado y sepultado vaya *usté* a saber dónde, pero su ánima ahí sigue presente y ayuda a los necesitados. Aquí le va un ejemplo: cuentan de un señor muy humilde que *traiba* una apuración muy fuerte y el ánima de Agapito Treviño se le apareció y lo llevó donde estaba una relación enterrada. Era un saquito con monedas de oro y eso ayudó a que el señor saliera de sus mortificaciones.

Rigoberto Medina, comerciante

El recuerdo de Agapito Treviño como salteador de caminos que robaba a los ricos para ayudar a los pobres, recuerdo presente en leyendas, corridos y relatos populares, le confiere un aura de héroe cultural, quizá el más emblemático del folklore neoleonés. Desde el punto de vista histórico, se sabe que nació en 1892 o 1831 en la hacienda de los Remates (hoy Guadalupe, NL) y fue fusilado el 24 de julio de 1854 en el centro de Monterrey. Aunque también se le conoce como el terror del Huajuco por la región geográfica de sus fechorías, es mejor recordado por su apodo de "caballo blanco", por siempre haber andado en un veloz caballo de ese color, su fiel compañero de andanzas.

AL QUE LE TOCA, LE TOCA

Doctor Arroyo, San Isidro de Fernández

Ahí en l'hacienda han *escarbao*, pero todavía no han *hallao* nada. Pero sí hay porqu'en todas las haciendas hay tesoros, nomás que aquí no han *dao* con ni uno, pero sí hay. Un muchacho que vive ahí en l'hacienda dice que antes tenía un caballo y que como a las doce de la noche él se levantaba par'ir p'afuera* y que miraba al caballo todo nervioso y que arrancaba así el caballo toda la distancia del mecate, arrancaba par'acá y *ansina* andaba porque se levanta una lumbre. Dice qu'era una llama como por aquí así (medio metro, según indica el narrador) que se levantaba y luego se bajaba, y que por eso el caballo se asustaba. Y ahí *tá*; ahí *tá* el tesoro, pero no le ha *picao* ahí porque tiene miedo. Dice que tiene miedo porque hay muchas cosas que pasan con eso de los tesoros. Algunas gentes se envenenan, *algotras* se malorean; los que s'envenenan es *causel*** cobre.

Un amigo qu'está en l'otro *lao* vino aquí y trajo unos amigos suyos de Monterrey que tenían un aparato par'eso y ahí anduvieron y escarbaron, pero no, no sacaron nada. Luego otro señor, hijo de una señora de l'hacienda, trajo una máquina, una máquina de esas *carterpila*, y escarbaron también como a lo hondo de las ramas, *onde* él más o menos tanteaba que podía estar algo. Hicieron un buen pozo con la maquinona y no, no hallaron nada. Es que al que le toca, le toca, y a nadie le ha *tocao* todavía.

Antonio Carrizales, campesino

---

*   Salir a orinar.
** Por causa del.

La esperanza de hallar una riqueza oculta —metales preciosos, joyas o bienes con valor histórico, económico o ritual— forma parte del imaginario humano desde tiempos remotos. Espacios marcados por ciclos de opulencia y opresión, como las antiguas haciendas, suelen convertirse en fuentes inagotables de relatos sobre tesoros perdidos y fortunas quiméricas. En torno a ellos persiste un halo de misterio que incorpora encantos, maldiciones y conjuros, elementos recurrentes en la tradición oral.

En este tipo de narraciones es común la expresión "Al que le toca, le toca", la cual sugiere que ni la búsqueda exhaustiva ni el uso de maquinaria o dispositivos de última tecnología garantizan el desenlace anhelado, es decir, el hallazgo del tesoro. En otras palabras, quien está destinado a encontrarlo —porque así lo dicta la suerte o la voluntad de los espíritus— lo hará sin necesidad de buscarlo afanosamente.

En la presa El Cuchillo

China

Platicaron que cuando estaban con lo de la construcción de la presa, con tanta máquina y cuanta cosa, que no sé quién parece que se halló un cajoncito de puras monedas de oro. Dijeron que fue un chavo que traía el trascabo el que se lo halló y dicen que hasta dejó el trascabo ahí todavía jalando y nunca lo volvieron a ver. Supieron que se halló un tesoro porque entre la tierra que ese chavo removió con las manos hallaron una moneda de oro antigua que se le ha de haber caído. *No'mbre*, ha de haber agarrado el dinero y se largó; con decirle que ni siquiera volvió por la raya.

Pero fíjese que ya se sabía de ese tesoro, pero casi nadie le quería entrar. Es que de aquel lado de la cortina había una vereda y mucha gente decía antes que por ahí asustaban, que se oían ruidos, que salía un perro negro con ojos como tizón y que hasta se levantaba una llamarada. Verdad o mentira, eso era lo que decían antes.

También dicen que una vez unos chavos de aquí que viven en McAllen (Texas) trajeron un detector de metales y dicen que anduvieron buscando ese tesoro, pero que los espantaron bien gacho y que por eso mejor ya no le siguieron. Dicen que ellos vieron la llamarada entre unos mezquites viejos y que ahí metieron el aparato y dicen que parece que sí marcó algo, pero que les salió el perro ese con ojos de tizón y que se asustaron. Pero uno de esos chavos traía un rifle .22 para los conejos y dicen que le disparó al perro y que no le hizo nada; el perro nada más seguía gruñendo bien gacho y cuando se les echó encima mejor corrieron, eso dicen, que bien asustados iban.

Quién sabe si haya sido cierto eso que platicaron, pero si el chavo del trascabo no volvió ni por la raya por algo ha de haber sido. Además ya nunca se va saber si había un tesoro o no porque como ese lugar donde estaban los mezquites viejos ya está tapado por el agua, pues ya no hay cómo saber si todavía asustan o no.

Lalo, empleado de una vulcanizadora

Como se ha explicado, en la saga de relatos de tesoros encontramos ciertos elementos que pueden considerarse como convencionales porque se repiten con frecuencia en cualesquiera de sus combinaciones o variantes. En esta historia tenemos motivos comunes en todo México, como son los ruidos, las llamaradas y el perro con ojos de tizón, a guisa de guardián del tesoro.

De estos tres, las llamaradas merecen mención especial porque se cree que los metales que han estado enterrados o encerrados por mucho tiempo producen una especie de gas luminiscente que se ve como una flama, lo cual trasciende la simple creencia por ser un hecho científicamente comprobado.

Espíritus y tesoros

García

Por aquí cuentan que en las casas viejas viven los espíritus y que ellos, si quieren, te dan el dinero que está enterrado, pero si no te quieren, te corren. Si les caes mal —porque a uno lo consideran como una visita, aunque uno sea el propietario—, te hacen la vida de cuadritos todo el tiempo hasta que mejor vendes la propiedad y te vas. Pero si les caes bien, hasta medio sacan el cazo lleno de monedas para que te tropieces con él y lo puedas aprovechar.

Es que dicen que los espíritus te adivinan el pensamiento, si lo llevas positivo o negativo. Si llegas con una cosa que seas ambiciosa, de seguro no te van a querer ahí y te van a correr más temprano que tarde, porque la gente no dura en las casas; les apagan las luces, les mueven las cosas, les quiebran los vidrios y cosas así. Pero luego hay gente muy terca que no quiere entender y termina enferma, o sea que cuando los espíritus se cansan de tanto andar asustando y la persona ni así se larga, entonces lo enferman o lo matan, así de simple porque los espíritus no se andan con cosas. Pero dicen que sí llevas el pensamiento limpio, sin ninguna ambición, los espíritus te hacen la vida regalada, te permiten que trabajes bien, que seas próspero en tus negocios, y si en esa propiedad hay un tesoro enterrado hasta te los dan; es más: cuentan de casos donde los espíritus hasta hacen el aseo de la casa. En casos donde los espíritus te ayudan a sacar el tesoro porque se sabe que los tesoros tienen gases envenenados que ponen amarillenta a la gente que los respira, pero estos espíritus le indican a la persona cuáles son los pasos que tiene que ir haciendo para que no les pase nada malo.

Pero también dicen que hay otro tipo de tesoros donde los espíritus no tienen mucha injerencia porque son tesoros que son posesión del demonio. Esos son los tesoros malditos que no solamente matan al que se lo encuentra, sino que por generaciones la maldición sigue y en vez de traer fortuna traen infortunio.

Cuentan que en García se dio un caso hace muchos años de una familia muy adinerada que por pura ambición compró una propiedad de enfrente porque sabían que ahí había un tesoro —supuestamente un tesoro enorme. Parece que mucha gente había buscado ese tesoro y no había dado con él, aunque sí se supo de algunas personas que se murieron después de haber andado escarbando. Entonces, una noche ya dueño de la propiedad el señor y uno de sus hijos se pusieron a escarbar y abrieron un túnel, bajaron por ahí y encontraron el tesoro. Muy contentos se fueron a dormir, pero los dos amanecieron muertos en sus camas.

La viuda y los demás hijos se fueron a vivir a Monterrey. Vendieron sus propiedades de aquí y ni siquiera les interesó llevarse el dizque tesoro. Pero ya llevaban la maldición y se fueron viniendo a menos, enfermándose y muriéndose uno tras otro. Todavía platican que los bisnietos de aquellas personas son gentes con muy mala suerte porque la maldición de ese tesoro fue para siete generaciones.

José Guadalupe Garza

En este relato encontramos como punto relevante la mención de espíritus que ayudan a encontrar un tesoro u otros que pretenden ahuyentar a los inquilinos del lugar donde se encuentra enterrado. Aún más relevante es la mención de espíritus que hasta apoyan a los inquilinos e incluso ayudan con el aseo; interesante porque en la mitología maya existen seres diminutos, tipo duendes, los aluxo'ob _o_ aluxes, _que cuando aceptan a la gente en un lugar hacen todo para hacerle la vida placentera, y en mitología escocesa tienen a los_ brownies, _seres con actitudes similares._

LA CAMPANA DE ORO

Doctor Arroyo, San Cayetano de Vacas

De la historia d'esta hacienda sabemos que unos dueños fueron un tal Cayetano, luego Zeferino Flores, que era dueño de La Carbonera, otro que se llamaba Pompeyo y otro más, un tal Juan Torres. En la época de don Zeferino aquí San Cayetano era una estancia *haciendaria* de La Carbonera porque don Zeferino tenía otras haciendas y muchos ranchos como la Cruz de Elorza, el Cerrito de Vacas, la Casa Blanca y otros ranchos. Su hacienda principal era La Carbonera, pero él vivía en Matehuala y tenía casas en el Cedral y en Catorce, y también tenía que minas en La Paz. Lo que sabemos es que cuando se murió don Zeferino, a sus herederos no les interesaba trabajar las tierras y mejor vendieron todo y así se dividió todo y la estancia de San Cayetano de Vacas pasó a ser hacienda porque así lo quiso el nuevo dueño que ha de haber sido ese Pompeyo que luego parece que lo mataron los carrancistas afuera de su casa a media noche en tiempos de la Revolución.

Esto que le voy a contar no sé si fue en la época de don Zeferino o después, ya cuando el Juan Torres era el dueño. Aquí cerquita había una fundición de la plata que sacaban de las minas de La Paz y por eso mandaban las carretas cargadas de roca para fundirlas y sacarles la plata. Cuando la Revolución, una vez se supo que ya venían los villistas y el hacendado ordenó que todas las barras de plata que tenía en una troje las subieran a una carreta y que también subieran una campana de oro que estaba en la capilla. Se fue él solo con el cargamento. Nadie supo dónde fue a enterrar ese tesoro y sabemos que luego sus hijos o nietos y mucha gente lo han buscado, han tumbado paredes viejas, trojes, parte de la casa grande y han escarbado en el monte, en los cerros, en las cuevas, en las abras y nada. Nadie ha dado con el tesoro de plata ni con la campana de oro que había en esta hacienda. Sí cuentan que han encontrado cosas, que rifles, que balas, que herraduras y también monedas viejas o una que otra joyita tirada entre el monte, pero es muy poco. De las barras de plata, nada y de la campana de oro, tampoco, pero mire que esa sí se escucha. Mucha gente de aquí, y de Los Medina y de Cruz de Elorza, o sea de todos los ranchos de por acá, la hemos oído, se oye que suena en días nublados, cuando el cielo está encapotado. Suena y a lo mejor llueve o no, o sea que no suena porque vaya llover o porque vaya haber una tragedia, pero la oímos; yo la he oído, antes más cuando íbamos a la lechuguilla a los cerros y decíamos que es el sonido de la campana de oro de la hacienda, un sonido muy delgadito, largo, largo pero nadie, que yo sepa nadie sabe de dónde viene el sonido.

Esteban Medellín Gloria

____

En este relato, cuyo contenido es más histórico que propiamente legendario, destaca al final la mención del sonido de una campana de oro que, según se afirma, se escucha ocasionalmente sin que ello constituya un presagio particular. Este elemento acústico, aislado y en apariencia fortuito, adquiere relevancia porque no se inserta en la estructura típica de los relatos sobrenaturales, donde los sonidos suelen anunciar desgracias, apariciones o transformaciones. Aquí, en cambio, la campana funciona como un vestigio simbólico: un eco persistente de un pasado casi olvidado,

La densidad poblacional en esa región del municipio de Doctor Arroyo es muy baja, con poblados y rancherías distantes entre sí, lo que permite descartar con relativa certeza que dicho sonido provenga de alguno de los templos en los alrededores. Esta condición geográfica y demográfica refuerza la percepción de misterio, pues elimina explicaciones convencionales y abre la posibilidad de interpretaciones que oscilan entre la memoria histórica y la imaginación popular. En ese contexto, la campana —real o imaginaria— se convierte en un símbolo de continuidad cultural, un recordatorio de que incluso en los espacios más remotos persisten relatos que vinculan a las comunidades con su pasado.

La cueva encantada de El Huarache

Santiago

Por las faldas de la sierra de San Francisco hay una cueva que le *mentan* El Huarache. Dicen que es una cueva encantada porque solamente se abre una vez al año, pero no se le abre a cualquiera porque existe una conseja que debe cumplirse de manera ritual: al amanecer, una persona debe estar en la punta de un cerro y tiene que estar mirando hacia la parroquia de Santiago. Cuando despunta el primer rayo de sol y se oyen las campanitas de la consagración durante una misa, es cuando se abre la cueva. Pero, mire, la entrada de la cueva se forma con la sombra de esa persona, con la sombra que hace el primer rayo de sol. Es un encanto. Supuestamente ese encanto es desde la época de los indios porque esa cueva era de ellos y ahí dejaron muchas de sus riquezas. Esos indios fueron muy ladinos y no pudieron bajarlos de la sierra ni a tamborazos. Por eso se acabaron.

Cuentan que hubo un señor que hizo este ritual y que sí se le abrió la cueva y él sí tuvo la oportunidad de sacar unas barritas de oro. Al momento de darse cuenta que la cueva se estaba cerrando, se salió corriendo. Luego platicó que adentro había un tesoro muy grande, muchas armas de la época de la Revolución y otras tantas cosas muy raras que, según dijo, seguramente habían pertenecido a los indios.

Pero también platican de otro señor que sin hacer el ritual simplemente se dio cuenta que la cueva estaba abierta y se metió a ver qué había. Se *alborazó* con tantas riquezas y cuando empezó a agarrar monedas de oro escuchó una voz que le dijo:

"Todo o nada". El hombre se asustó mucho porque la voz era del más allá y mejor se salió corriendo porque supo no iba a poder llevarse todo y sí sabía que cuando esa voz se oye, no permite que te lleves nada si no puedes cargar con todo, y si se cierra la cueva, la persona se queda adentro para siempre. Una vez estando afuera, sano y salvo, al señor le entró el gusanito y dijo que iba a regresar por todo. Entonces marcó la entrada de la cueva y se fue a su casa por un burro. Volvió horas más tarde con cuatro amigos y varios burros, pero la cueva no estaba, ya se había cerrado y eso que las marcas que hizo sí estaban ahí.

Santiago Alanís Leal

Las cuevas son fuente inagotable de leyendas de misterios y de tesoros, así como de historias que involucran vestigios arqueológicos por haber sido, muchas de ellas, guaridas u hogares de los habitantes del ayer.

En la saga de leyendas sobre tesoros ocultos en cuevas, el elemento del encanto es recurrente. Se trata de la idea de que, por intervención mágica, la cueva sólo se abre bajo circunstancias específicas: en fechas señaladas, en momentos excepcionales o una vez al año. Esta condición liminal refuerza el carácter misterioso y esquivo del tesoro. Asimismo, otro elemento común en este tipo de leyendas es la voz espectral que dice "Todo o nada" y no permite que el casi afortunado explorador se lleve sólo poquito, pero si así lo intenta, como castigo la cueva se cierra.

La cueva envenenada

Sabinas

Acá en la sierra hay muchas cuevas que, dicen, no hay quién se meta en su sano juicio porque dicen que están embrujadas. No sé si sean puras creencias o eso tenga algo de cierto, pero luego hay gente que le da por buscar tesoros y como en las cuevas se supone que los ladrones de antes escondían los cargamentos de plata que se robaban, entonces esa gente busca en las cuevas. Yo no me meto a la sierra, no tengo a qué, pero sí conozco raza que ha ido. Me han platicado que hay rincones muy alejados y muy feos; ahí es donde nadie en su sano juicio ni se mete.

Sé de una cueva que está muy adentro por unas veredas que van hasta un ranchito que se llama Las Minas Viejas. Según las pláticas, toda la gente creía que esa cueva estaba ocupada por unos espíritus aliados con el Demonio y hasta hubo una vez que unos muchachos de aquí se metieron y luego los sacaron muertos. Creo que andaban buscando un tesoro muy mentado de un indio y se metieron a escarbar, pero todos se murieron, menos uno que todo azurumbado[*] pudo llegar acá y ya le dio aviso a la policía. Parece que fueron varios con él a rescatar a sus amigos, pero los sacaron muertos. Los policías iban preparados con máscaras y con tanques de oxígeno porque, ha de saber usted, muchas veces muy adentro de las cuevas el aire no es bueno. Luego cuentan los que creen en eso que cuando hay dinero en un lugar encerrado el aire se envenena porque el metal despide gases que le afectan a uno.

Y por ahí va la cosa… Resulta que hace unos años —¿cuántos serían?, no sé bien—, resulta que vinieron unas

---

[*] Atontado, zurumbato.

gentes de la ciencia —venían ellos de la Uni (Autónoma de Nuevo León)— y anduvieron investigando no sé qué cosas, pero se metieron a unas cuevas. Nosotros sabemos porque unos muchachos de aquí los llevaron a las cuevas y luego nos contaron que las gentes sacaron unos aparatos y anduvieron midiendo y haciendo anotaciones en unas libretas y cosas de esas. Entonces dijeron ellos que en varias de esas cuevas hay veneno, o sea que el veneno es un gas que se hace por el guano, la caquilla de los murciélagos. Parece que en muchas cuevas hay mucho guano porque hay muchos murciélagos adentro. Los murciélagos viven en las cuevas.

Entonces nosotros sacamos a conclusión que los muchachos que se murieron aquella vez fue por el veneno del guano y no porque la cueva que se metieron esté ocupada por espíritus aliados con el Diablo. Pero no se crea, a lo mejor esa cueva no estaba envenenada, pero no hay que olvidar que hay cuevas que tienen sus secretos, del demonio o no.

Francisco Morales, empleado de un hotel

Desde tiempos de la prehistoria, las cuevas han jugado un papel muy importante en el folklore de los pueblos. Sin importar que sean naturales o de hechura humana, siempre han sido objeto de una fascinación muy especial por los muchos enigmas que las rodean. En la actualidad están asociadas con nativos del ayer y, sobre todo, con fabulosos tesoros.

En este relato se mencionan elementos muy comunes en las leyendas de cuevas: espíritus, demonio, tesoros, exploradores y muerte, dígase por causa de gases, por venenos naturales o por algo sobrenatural. Sin embargo, aquí el desenlace es interesante porque da una explicación que bien puede desmitificar algunas creencias en torno a estas cavernas, aunque el narrador deja abierta la posibilidad de misterios inexplicables.

LA VÍBORA NEGRA Y EL CABRESTO

General Terán, Guadalupe la Joya

[...] Sí, acá luego han platicado de los tesoros, que siempre donde hay una relación sale una víbora prieta, eso han platicado. Pero dicen que si no es una víbora d'esas, entonces que sale una marrana con botes y que se oye el ruido de los botes. Pero también dicen de una mujer de blanco que es como la Llorona, pero no llora ella porque no perdió a sus hijos. Esa mujer de blanco sale donde hay una relación. Eso dicen.

[...] Bueno, lo que más sale son las semejanzas de la víbora prieta, pero en este rumbo no hay muchas d'esas víboras. Son de color negro, pero esas no pican a uno, bueno, sí lo pican, pero no son venenosas. Esas matan a las cascabel y a las coralillo, por eso dicen que no es bueno matarlas porque son buenas, son enemigas de las víboras malas. Cuando luego cuentan que en tal casa vieja o en unas tapias ruinosas que han visto una víbora prieta es cuando nosotros sabemos que hay una relación allí.

¿Sabe usted por qué salen las víboras negras donde hay tesoros? No es que sean víboras de a de veras, son semejanzas. Es que antes había gentes que sabían los trucos de la magia, los mentados diableros, así les mentaban. Esos diableros enterraban un tesoro donde les pedía el patrón, pasaban un cabresto o una coyunda por la tierra, por el pozo, y hacían encantaciones y por eso ahora se ven víboras prietas. No son víboras de a de veras lo que sale, es la semejanza del cabresto, sí, del cabresto más que de la coyunda, que el diablero dejó enterrado junto con la relación.

Tacho Quintanilla

Apodaca

Los tesoros son cosa de antes, ahora no hay por qué enterrar nada. Son de la época de la Revolución, de las guerras. La gente que tenía algo de valor lo enterraba porque no había bancos y cuando ahí venían las gavillas o los bandoleros había que esconder lo poquito o lo muchito que uno tuviera, escarbaba un pozo en el patio o junto al fogón o entre las vigas o debajo del mezquite. La cosa era esconder lo que valía porque ahí venían los bandoleros.

Los ricos, los hacendados, esos contrataban personas que sabían de la magia y les decían: "A ver, quiero que me ayudes a enterrar esto bien escondidito y que nadie vaya a sacarlo. Ponle un encanto para que se vaya asustado". Esas gentes de la magia usaban reatas de crin de caballo, los cabrestos, y lo pasaban encima del cantarito o del cajoncito con monedas o con joyas y hacían unos bailes y unos encantos y luego dejaban el cabresto abajo. Tapaban el pozo con tierra y no había nadie más, más que el dueño y el mago que supieran dónde estaba el dinero. El mago no regresaba por el tesoro porque sabía que su encanto era fuerte, pero luego los dueños muchas veces no volvían porque los mataban en la guerra o por lo que fuera y ahí se quedaron los tesoros escondidos. Por eso ahora salen las víboras negras, pero no son víboras de carne y hueso, son cabrestos encantados.

Artemio Martínez, comerciante

Un elemento recurrente en las leyendas de tesoros es el encanto colocado por alguien con poderes mágicos para provocar la aparición de animales o espectros que ahuyenten a quienes intenten desenterrar la riqueza oculta. Dentro de este repertorio simbólico, la víbora negra es especialmente frecuente, pues encarna tanto el peligro físico como la advertencia sobrenatural. En el caso que nos ocupa, este reptil aparece asociado al encanto de un cabresto, motivo presente en las dos versiones aquí presentadas..

TODO O NADA

Santiago, Cola de Caballo

Fíjese, por estos rumbos cuentan que a muchas gentes cuando andan buscando tesoros en las cuevas de la sierra se les aparece que un espíritu, pero también se les aparece a los que andan en el monte o campeando sin andar buscando dinero ni nada, sino que andan en lo suyo. Lo que cuentan es que el espíritu ese les dice: "Todo o nada". Será como una visión o no sé, pero luego, lueguito la gente ve joyas, monedas y oro.

Eso lo cuenta las gentes de acá porque acá viven y saben de esas cosas. Uno que viene de otra parte —yo vivo en la Villa (de Santiago)— si se pone a platicar con los de acá, luego le cuentan cosas. Mire, le voy a platicar lo que dicen ellos: no se sabe de nadie que haya aceptado esas riquezas. No, qué va, todos han corrido bien arredrados porque ahí no hay que poquito o que muchito. Es todo o no es nada, y mejor nada porque la vida vale más, ¿no?

Al menos yo sé de tres gentes que han visto esa aparición. Mi abuela contaba de un sobrino suyo que vivía en un ranchito allá en la sierra, que una vez andaba él campeando en su caballo cuando se le apareció eso y creyó que era el Demonio mismo; es que él oyó que la aparición le preguntó: "¿Todo o nada?". Pero él ni siquiera le contestó del susto; mejor le picó al caballo y que se arranca a todo galope. Llegó todo pálido a su casa y su papá le preguntó que qué le había pasado, pero cuando le contó, no le creyó y le dijo que seguramente había sido un gracioso que quería nomás sacarle un susto. Su papá agarró el machete y fue a buscar al gracioso, pero nunca vio a nadie ni nada.

Y así hay pláticas de otras gentes que han oído eso. Pero

dicen que no se sabe de uno que haya aceptado todo porque supuestamente hay así como una creencia de que si uno acepta todo, al mero momento de tocar las riquezas, uno se convierte en una parte más de la riqueza, del tesoro. *No'mbre*, con eso ni quién le entre, ¿no?

Martín Cavazos Sanmiguel

"Todo o nada" es otra frase común en los relatos de tesoros, pues es un elemento muy arraigado en la creencia popular mexicana relacionada con el tema. Se dice que una voz de ultratumba le ofrece al buscatesoros "todo o nada", sin puntos medios, y es tanto lo que hay a la vista del casi afortunado que resulta imposible sacar el cargamento entero. Este relato, en particular, al final ofrece un desenlace poco común y bastante misterioso.

Una relación en la sierra de Icamole

García

¿Ya conoces allá para la sierra de Icamole? —me pregunta Luis Eduardo Cantú. [...] Ándale, aparte de las pinturas rupestres también por esos rumbos platican de una relación muy grande que hasta ahora nadie ha podido encontrar. ¿No sabías eso? [...] Okey, déjame contarte lo que a mí me han platicado algunas personas de aquí de García y también allá en el pueblito de Icamole.

Como habrás visto cuando fuiste, por ahí pasa la vía del tren de la ruta Monterrey—Saltillo. Entonces, según la plática, un poco antes de que [Francisco I.] Madero se levantara en armas y empezara la Revolución, una época cuando mucha gente ya andaba muy alebrestada por la pobreza, parece que se formó una gavilla de ladrones que asaltaban por todos estos rumbos y tenían su guarida en alguna cueva de esa sierra —quién quite y haya sido en alguna de esas cuevas que ya conoces donde hay arte prehistórico. El hecho es que parece que en una ocasión asaltaron al tren que traía un cargamento muy importante de plata que venía de Real de Catorce y llevaban para Laredo. Dicen que eran como 80 cajas de puras monedas de plata, y que supuestamente los ladrones las cargaron en mulas y se las llevaron para esconderlas en algún punto intrincado de la sierra.

Luego resulta que se armó el escándalo y parece que dos o tres días después los soldados se metieron a la sierra con unos guías de Icamole que conocían esos rumbos hasta que les dieron alcance y mataron, ahí los mataron a todos esos ladrones. Pero los muy idiotas no tomaron la precaución de interrogar a alguno de ellos para que les dijeran dónde habían escondido el cargamento, y desde entonces esa relación se ha convertido así como en una leyenda. Dicen que mucha raza la ha buscado, pero que nada… que nadie ha dado con esa relación. Unos han ido con expertos cueveros, otros han llevado aparatos detectores (de metales), hasta han llevado médiums y personas que saben tratar con los espíritus y cosas de esas. Pero nada… del cargamento no se ha sabido nada. A lo mejor es pura leyenda, quién sabe.

Pero eso no es todo. Hay otra versión que dice que el dinero está protegido por el ánima de un indio; que está clavada adentro de una cueva encantada y que en la mera entrada está esa ánima del indio. Te diré, esta versión se me hace medio rara porque ya no había indios en esa época que supuestamente asaltaron al tren, ¿verdad?

Luis Eduardo Cantú, vecino de Monterrey

En este relato encontramos elementos relativamente convencionales cuando se habla de tesoros: tren, asaltantes, cargamento de metal precioso y cueva; una combinación perfecta para leyendas de esta índole. Sin embargo, hacia el final, casi como una segunda versión de la historia que menciona el mismo narrador, tenemos el motivo de un ánima que cuida el tesoro, elemento que no resulta extraordinario, aunque sí es un tanto extraño que dicha ánima sea de un indígena porque, como se señala, las tribus locales fueron exterminadas antes de la Revolución.

El oro se hizo carbón

Guadalupe

Una vez me pasó una cosa bien rara cuando estaba muy chavo y son de esas cosas que si alguien te las platica no lo crees, pero yo la platico porque a mí me pasó y las personas que estaban conmigo también se acuerdan de lo que pasó. Bueno, no sé si todos, pero mi primo el Sebas sí se acuerda.

El Sebas tenía un amigo qué había heredado una propiedad en el centro, como unas dos cuadras atrás de la plaza, y siempre decía que la gente de por ahí decía que salía una mujer de blanco en un traspatio donde había un mezquite y que se desaparecía esa mujer de blanco. Son pláticas, son leyendas, ¿verdad? Un día el Sebas me dijo que su amigo había conseguido un aparato para buscar un tesoro, pero que le daba miedo escarbar él solo y entonces lo invitó a él, y mi primo me invitó a mí y ese amigo invitó a otro amigo y en total éramos cuatro. No se me olvida que fue un jueves en la noche, bueno, desde la tarde llegamos en la ruta y compramos botana y unas chelas en un tendajo porque estaba el calor fuerte y ahí vamos con equipo de lámparas, palas, picos, navajas, cuerdas, un radio y varias cosas. También agua y refrescos. No sé, yo no tenía experiencia, nunca había andado en eso de andar escarbando, pero los otros sí y por eso sabían que puede tomar mucho rato, si bien te va y sale el tesoro. Y total, ahí estuvimos y más o menos seguimos el trazo de donde decían que caminaba esa mujer de blanco que se desaparecía en el mezquite que le digo. Y metimos el aparato y donde pilló dijimos "aquí está" y nos pusimos a jalar. Habrá sido como a las seis y media que empezamos y nos fuimos turnando porque, casa vieja, estaba duro el suelo, muy duro; no había escombro en el traspatio, pero muy duro. Ahí estuvimos escarbando y luego empezaron a salir las raíces del mezquite viejo y pues a cortarlas o tratar de sacarles la vuelta. Total, uno se cansaba y le seguía otro y ahí estamos plática y plática y se hizo de noche y le paramos para comer algo, puros fritos, y mejor uno fue por unas hamburguesas como eso de las diez y media, unas hamburguesas al carbón muy buenas que vendían por ahí. Y total, le seguimos y metimos el aparato y pipipipipí, chillaba, chillaba y nosotros bien animados.

Como a eso de las doce, habrá sido, me acuerdo que hasta se vino un aire bien feo, así como que hizo remolino, y yo sentí feo y todos también. Así como que nos dio cosa, pero pues ya estábamos bien metidos en ese rollo y ya uno soñando qué es lo que íbamos a hacer con la repartición del tesoro: que voy a comprar un carro, que una troca, que voy a comprar una casa; mi primo hasta ya planeaba la boda con su morra, y así estábamos en eso. Estuvimos de acuerdo en que la mitad para el dueño de la casa y la otra mitad nos la íbamos a repartir entre los otros tres. Era justo, ¿no?

Qué habrá sido, como a la una de la mañana estaba yo abajo, ya llevábamos un pozo profundo, y estaba yo abajo y con la barra, ¡zaz!, que suena seco, sonó diferente, seco. No, pues ya le dimos el cajón. Bajaron los otros y ahí estábamos los cuatro medio amontonados y tuvimos que abrir más el pozo para poder sacar esa caja. Era una caja grande, larga. Donde yo le pegué fue así de ladito, entonces había que abrir más, ensanchar, y total estuvimos una media hora más duro y dale hasta que ya sacamos la caja de entre las raíces y el suelo duro. Con cuerdas la subimos la caja. Tenía un candado oxidado ya, candado viejo. De un barrazo lo rompimos. Estábamos aluzándonos con las lámparas y no me vas a creer, abrimos el cajón y chulada de monedas, monedas de oro, bonitas, brillosas y pues empezamos a agarrar y *pérate*, nada, que espérate, que vamos a repartirnos como habíamos quedado, que en partes iguales. No, cuál repartir, ni que la fregada. Uno agarre y agarre y hasta estuvimos arrebatándonos. Yo me quité la camisa y empecé hacer un bulto con las monedas. Pero no me va creer: que se viene otro ventarrón bien gacho, con remolinos de tierra bien feos. Se nos apagaron las luces y eso que eran lámparas de pila, pero se apagaron las tres y ya cuando volvimos a prender las luces, no me va creer, cuál monedas de oro ni qué nada, ¡puros carbones! De mi camisa hasta la abrí, o sea el bultito que había hecho, y eran puros carbones. Y las manos de todos negras, tiznadas. Ganas de llorar, eso.

Eso fue lo que nos pasó bien raro y por eso digo que sí es cierto lo que dicen de que el oro se hace carbón. A mí no me lo platicaron, yo lo vi, yo lo viví y mi primo el Sebas también y sus amigos también y esto que le cuento fue allá en el centro de Guadalupe.

Arturo Macías Benítez, maestro vecino de Monterrey

Por su relativa escasez, al oro se le ha dado un gran valor simbólico en casi todas las culturas del mundo. Se le ha asociado con las religiones porque ha sido muy útil para elaborar ídolos, ornamentos y ofrendas para los dioses, así como para amuletos. Asimismo, como es bien sabido, el oro tiene un gran valor económico. Por su parte, el carbón carece de valor en el folklore universal, salvo como combustible y, ocasionalmente, se le asocia con los demonios.

Durante la Edad Media, los alquimistas buscaron la manera de transmutar el carbón en oro. Aunque la alquimia es ahora historia folklórica, la ciencia moderna sigue experimentando con similares propósitos y variados elementos.

En México existen muchos relatos de transmutación inversa, es decir, el oro se transmuta o convierte en carbón por una castigo divino o por causa de envidias.

Relatos y leyendas de formaciones naturales y sitios históricos

Libros del mismo autor con Nuevo León como escenario:

Viajes por México: un mundo plural entre fronteras. 1ra. edición: CDMX. 2026.

Mitos y leyendas del norte de México. 1ra. edición: CdMx. 2024.

Haciendas del Altiplano. Historia(s) y leyendas. Tomo I. Grandes latifundios virreinales. 2da. edición: SMA, Guanajuato. 2024.

Mitos y leyendas de huachichiles. 2da. edición: SMA, Guanajuato. 2024.

Mitos y leyendas de Nuevo León. 2da. edición: SLP. 2026.

Creencias, mitos y leyendas de animales. 2da. Edición: SMA, Guanajuato. 2024.

Haciendas del Altiplano. Historia(s) y leyendas. Tomo II. De la Independencia a la Revolución. 2da. edición: SMA, Guanajuato. 2023.

Mitos, cuentos y leyendas de Nuevo León. Regiones Citrícola y Sur. 1ra. edición: Guadalajara, Jalisco 2022.

Leyendas de todo México. Aparecidos y fantasmas. Editorial Trillas. México. 2016.

Mitos y leyendas de todo México. Editorial Trillas. México, D.F. 2010.

Los títulos subrayados están disponibles en Amazon, en la categoría "Biblioteca Homero Adame".

El cañón de Jaures

Iturbide — Linares

Bueno, sí, del cañón ese cuentan un montón de cosas. Ya ve cómo es la gente de por aquí que nomás s'enteran de algo raro y cuentan historias y cuanta cosa. Yo vivo en La Florida y *pos* aquí bajamos par'ir a surtir la despensa a Linares. Ora es una chulada, desde que hicieron el camino ya llegamos más rápido. *No'mbre*, antes uno tenía que madrugar pa' bajar hast'aquí en el burrito, luego tomar el mueble a Linares, hacer la compra, regresar, y volver al rancho... No, *pos ansina* se nos iba todo el día.

Sí, en toda la sierra hay muchas cuevitas, pero uno ni atención les pone, aunque luego no falta el que se mete por pura *curiosidá*. Allá en La Florida había un muchacho, un hijo de Chente, que le daba por meterse a las cuevas. Él nos platicaba muchas cosas, a lo mejor de su pur'imaginación d'él. Pero ya se *jue* pa'l otro lado, sino él pudiera contarle y hasta llevarlo a las cuevas pa' que *usté* las conozca.

Rómulo —*ansina* se llama ese muchacho— me platicó a mí que una vez unas gentes de quien sabe dónde —habrán sido gringos o qué sé yo— se metieron al cañón con tanque de oxígeno cuando estaba brotando el agua, pero que cuando salieron les quiso preguntar que qué habían visto allá abajo, pero que no les *inteligió* porque hablaban inglés, creo yo. Y también platicaba que una vez él se metió cuando estaba seco el pozo, y bajó hasta donde ya no hubo luz. Dijo qu'está muy resbaladizo.

Pero fíjese, ese lugar tiene sus historias. La gente de antes contaba que abajo hay un río muy caudaloso que baja y baja hast'al mero corazón de la sierra. ¿Qué tan lejos será eso?

Sabrá Dios. *No'mbe*, y había un viejito muy embustero de un rancho más p'arriba de la sierra, que platicaba que cuando la Revolución andaba él allá por Santa Rosa (municipio de Iturbide) —de aquel lado d'esos cerros altos—, cuando llegaron los carrancistas a fusilar a cuanto *pelao* testarudo se les pusiera al brinco. Entonces decía qu'él se metió a una cuevita, y que bajó hasta el río de adentro y se vino nadando en la *oscuridá* hasta salir aquí en el cañón. Ya de aquí se *jue* bien campante pa' su casa. ¿Será cierto eso? A mí se me hace que no.

Armando Franco, campesino

De aquella vez que nos metimos al volcán de Jaures con lámparas no se me olvida que nos dijiste que más abajo había varias ramificaciones, y que unas caían en agua y otras seguían. Pues déjame platicarte lo que pasó hace poco. Resulta que en Monterrey me topé con Luis, un cuate que le encanta meterse en grutas y escalar cumbres. Me dijo que un amigo de él le platicó que conoció a un viejito que se había metido hasta adentro del volcán de Jaures. *No'mbre*, este Luis y su amigo Rafael agarraron brete y me vinieron a buscar hace como mes y medio, pero no me hallaron. Entonces yo me lo topé hace dos semanas y me platicó todo el rollo ese. Quedamos de vernos en Linares un sábado temprano; hasta fui a buscarte a la librería el viernes, pero me dijeron que andabas en México. Te hubiera gustado ir con nosotros.

Después de echarnos unos tacos del Cuino nos fuimos a la sierra. Eran cuatro chavos que venían en la troca de Rafael. Traían un equipo completo, con cuerdas, lámparas, picos —unas hachitas de este vuelo—, botas especiales, máscaras de gas y hasta tanques de oxígeno cortitos. No, esos chavos conocen bien su rollo.

Yo los guié al volcán. Estaba solito allá —con eso que la seca ha estado dura, ni quién vaya. Nos metimos los cinco y con las cuerdas luego luego bajamos hasta la segunda curvita, donde tú y yo nos regresamos aquella vez. *No'mbre*, con botas especiales, con cuerdas y con lámparas de casco, ¡a todo dar!, te metes a donde sea, y los resbalones ni los sientes.

Después de la segunda curvita las paredes se estrechan bastante, pero se puede pasar sin problemas. Luego, como unos 30 metros más abajo encontramos la primera ramificación que tú dijiste. Tenías razón, en la de la izquierda el agua estaba ahí, casi al ras, pero el otro túnel sigue y sigue bajando. Las paredes casi se juntan y te tienes que meter a gatas; uno de los chavos que está medio gordo no pudo seguir.

Bajamos unos 60 metros más, hasta que dimos con una galería chiquita. No es como las de las Grutas de García, pero también tiene estalactitas y, lo mejor de todo, están vírgenes, sin graffiti ni basura. Ahí no ha llegado nadie, o si han llegado han sido gente que respeta la naturaleza. Lo único que hallamos fue una pila ya toda oxidada, de seguro alguien la aventó desde arriba para ver qué tan profundo está el cañón.

En esa galería hay dos túneles, uno bien angosto por donde no pudimos pasar. Aventamos piedritas y se oye que baja y baja, como tú dijiste. En el otro túnel hay agua; es una poza fregona. Hasta nos bañamos ahí. Se me hace que cuando está más seco, por esa poza se puede seguir bajando. No sé.

No'mbre, ahí hay chorro de material para explorar. A la próxima que vengan estos chavos te aviso. Hasta les dije que tú conocías un montón de cuevas en toda la sierra y les gustó la idea.

David González, vecino de Linares

El cañón de Jaures, también y erróneamente conocido como "volcán de Jaures", es un sifón ubicado sobre la carretera serrana No. 58, casi en los límites de los municipios de Linares e Iturbide. En época de lluvias, por su boca natural brota un manantial que puede formar dos cascadas. Tanto el río como el sifón mismo es un paraje turístico muy visitado durante el verano y en temporada de lluvias, ya que la profunda caverna forma una*

* El nombre correcto de este lugar es Jaures y no Juárez, como algunos lo escriben. Se desconoce la etimología u origen de dicho apelativo.

poza o alberca muy impresionante. En tiempo de sequías, cuando el sifón no tiene agua, es posible descender hasta encontrar unas bifurcaciones. Debido a su naturaleza, ha dado pie a algunas leyendas.

El nombre de La Petaca

Linares

Desde antes de los españoles, La Petaca ya era tierra de brujos, pues dicen que allí abundaban los brujos indios más malos de todas las tribus. Cuando llegaron los colonizadores, luego luego quisieron acabar con esa tradición que iba contra la Iglesia. Pero todos los intentos fracasaban siempre, ya que los brujos y brujas seguían ahí por montones. Pero en una ocasión, un obispo ordenó que se hiciera un exorcismo de esos herejes. Cuando esos espíritus fueron atrapados, los encerraron en una petaca y luego los enterraron en una profunda poza de por ahí cerca. Fue entonces que pusieron las cuatro cruces en las cuatro esquinas del pueblo, pues había que protegerlo de la llegada de más espíritus malignos.

Vicente González, curandero

¡Uy, sí! Eso que dice es cierto porque es lo que contaban las gentes de más antes. Ellos contaban que La Petaca era un centro de brujos desde más antes que llegaran los misioneros con la religión católica, o sea que aquí los indios ya tenían sus cosas de la brujería. Por eso digo yo que aquí siempre ha sido tierra de brujas, y muy buenas unas para curar, aunque hay otras que hacen otro tipo de trabajitos, ¿verdad? —afirma una de las vecinas con quienes estuve platicando en la iglesia de La Petaca.

Entonces, de lo que usted dice, sí parece que los misioneros hicieron así como una misa y metieron a todos los espíritus y los demonios en una castaña —una petaca, ¿verdad?— y la llevaron a tirar a un lado del río. Pero no la tiraron, sino que hicieron un pozo muy pero muy hondo, metieron la castaña, la bañaron con agua bendita y luego le echaron tierra bendita de un camposanto encima. Ya luego taparon el pozo con bastantes piedras de río y arena. Esa es la plática que contaban las gentes de más antes y vaya usted a saber dónde mero quedó esa castaña, pero qué bueno que enterraron a esos demonios porque si no, imagínese, aquí habría puras brujas malas y ninguna curandera buena.

La fama de La Petaca como centro de curanderismo y brujería es ancestral y trasciende fronteras. Sin embargo, nadie sabe con exactitud de dónde surgió tan singular nombre que, evidentemente, es de origen castellano.

Muchas veces resulta difícil encontrar la etimología o el origen toponímico de un lugar, dado que no existen datos históricos, fuentes escritas o porque los historiadores no se ponen de acuerdo y dan versiones disímbolas entre sí. Es por ello que en ocasiones tenemos que remitirnos a la tradición oral y así tratar de entender algo. Tal es el caso de La Petaca, y quizá estos dos relatos nos han dado una idea de por qué se llama así.

El pozo del Gavilán

Galeana

Contaba mi *buelo* que hace muchísimos años aquí era tierra de labranza y que no existía este pozo, que sembraban el máiz, y el frijolito y calabaza —era buena tierra, sí'ñor—, y que antes trillaban con yunta, y sembraban con un palito que le mentaban "coa". Pero más luego se vino la modernidad y un señor, qu'era el dueño d'estos terrenos, se compró un tractor con cuchillas y trilladora moderna.

Primero el dueño pasaba su trilladora, d'esas antiguas con yunta, y, sin darse cuenta, poco a poquito fue abriendo el pozo —bajándole de a poquito, ¿*vedá*?—, pero no el pozo como lo ve ahora, sino qu'el señor ese se fijaba qu'el terreno s'iba haciendo más bajito.

Entonces fue cuando compró el tractor. No..., ya con eso el trabajo se hacía más rápido, y al señor se l'hizo fácil nivelar el terreno. Pasó la trilladora tantas veces que pa' cuando acordó, *contoy* tractor se fu'él p'abajo y así se abrió el pozo.

Gregorio Hinojosa, campesino

Bueno sí, es cierto eso que dice de qu'el pozo se abrió porque un señor trilló mucho la tierra esa. Pero no fue con tractor, fue la yunta que de tanto pasar y pasar con las *cuchías* se hizo cada vez más honda la tierra hasta que abrió el techo del pozo y, ¡p'abajo *fregao*!, el señor se cayó *contoy* yunta. Él salió, claro, pero la yunta nunca la pudieron sacar.

Luego con las lluvias el pozo se fue haciendo más grande, hasta como lo ve ahora. Y verá qu'el pozo del Gavilán está conectado con la laguna (de Labradores) porque una vez se cayó un burro y al tercer día salió bien *ogao* y bien *hinchao* en la laguna. Entonces yo pienso que hay como corrientes abajo de la tierra, o algo así.

Una vez que vinieron los gringos* de l'universidad (Facultad de Ciencias de la Tierra) me puse yo a platicar con ellos. Andaban haciendo no sé qué experimento y midiendo cuanta cosa en la laguna —*traiban* ellos unos aparatos medio raros. Entonces yo les platiqué del túnel que le digo por donde pasó el burro *ogao*, y uno de los gringos, que hablaba el español bien curioso —al pasito al pasito—, dijo que le interesaba hacer un estudio d'eso, y qu'iba venir un día con equipo y cuanta cosa. No... *pos* no ha vuelto. Pero si un día viene y halla el túnel ese, vamos a descubrir el misterio del pozo.

Candelario Valladares, campesino

El Pozo del Gavilán es una dolina (formación natural con aspecto de cráter o de cenote) de aproximadamente 80 metros de profundidad por 120 de radio que en Galeana ha propiciado una buena cantidad de leyendas de diversa índole. Es evidente que su origen fue causado por el colapso de la bóveda superior, pero tal fenómeno bien pudo haber sido natural o producido por la actividad humana, como sugieren estas dos versiones.

---

* Alemanes.

EL TÚNEL DE LA MISIÓN

LAMPAZOS DE NARANJO

Aquí nuestra ciudad tiene muchas leyendas porque es una tierra muy antigua. Fue el centro de los minerales de El Refugio y de Iguanas, y eso trajo mucha riqueza; por eso cuentan mucho de supuestos tesoros que nadie ha podido encontrar. Entre las muchas pláticas estuvo por años y años una de que había un túnel que iba de aquí, de la antigua misión, hasta la parroquia allá en el centro, y parece que había otros caminos abajo que iban a las casonas, como "la casa de alto". También había versiones que había ese mismo túnel, o tal vez otro, que corría desde la misión hasta la mina de Iguanas, pero yo no creo que sea posible porque está muy retirado de aquí y hay muchas lomas.

Le digo, eso del túnel era como creencias que nadie podía verificar ni desmentir, hasta que un día, cuando andaban con los trabajos de restauración, encontraron la entrada, una de las entradas. Entonces de leyenda pasó a ser realidad o anécdota, aunque luego la gente le siga pegando cosas para que suene a misterio, a leyenda.

Cuando los investigadores recorrieron el túnel —no sé si hayan explorado todas las ramificaciones que se dice que tiene— encontraron varias tumbas entre la misión y algunas casonas del centro, como la de los Ferrara. Eso dio razón para que mucha gente dijera que el túnel era el antiguo panteón de Lampazos y que por eso en ciertos lugares se oían, o se siguen oyendo, cosas raras. Pero la verdad y la lógica es que el túnel no era panteón porque éste se encontraba a un lado de la capilla, como fue uso común en aquellos años ya distantes.

El hecho de que hayan enterrado a gentes del pasado en

criptas adentro del túnel sigue siendo un misterio para todos. Que yo sepa no hay un registro en los archivos que hable de eso, y vaya que nuestro archivo es uno de los más ricos y mejor conservado de todo Nuevo León.

Francisco Iruegas, cronista de la ciudad

Al igual que en muchos otros lugares, en la pequeña y pintoresca ciudad de Lampazos circuló durante generaciones la idea de un túnel que comunicaba las casonas más prominentes del pasado con la parroquia y con la antigua Misión de Nuestra Señora de los Dolores de la Punta de Lampazos, hoy Museo de Armas Nacionales. Como señala el narrador, el hallazgo de un ramal del túnel permitió que la leyenda adquiriera un fundamento tangible; sin embargo, ello no implicó que las historias asociadas a este pasadizo subterráneo dejaran de contarse.

Huellas de los gigantes

Santiago, Los Canelos

Sí, señor, está bonito para acá, siempre está verde y corre el agua, pero viene poca gente. [...] Ándele, sí, aquí Los Canelos es balneario, pero la gente prefiere ir a la presa (de la Boca) o comer allá en la carretera (Los Cavazos) y unos hasta vienen a la cueva esa grande que dicen que era la guarida de Agapito Treviño, pero es mentira, esa cueva era una mina.

De acá de Los Canelos sí, ahí cuentan que han escuchado a la Llorona, que han visto luces en la noche, que las brujas, que los tesoros, que una cueva donde vivía un hombre pájaro y cuanta cosa. Hay también una cueva que tiene picos pegados al techo* y le *mentan* que la cueva del Diablo. Ahí dicen que es una entrada al infierno y mentiras de esas. Hasta vinieron una vez a hacer una película. Yo no la *vide* y no me acuerdo de qué se iba a tratar, pero aquí anduvieron varios días las gentes con sus aparatos y luces y cámaras y con los actores y unas chamaconas que iban a salir en la película. Eso llama la atención de la gente y luego ni se fijan en lo bueno que hay. Mire, venga para mostrarle...

Mire, estas huellas aquí en las piedras grandes en el río son huellas de los gigantes. Es que aquí habitaron ellos, los gigantes, antes de que el mundo se acabara por la inundación. Esos aquí vivían y pastoreaban sus animales y vivían adentro de las cuevas. Hay muchas huellas de los gigantes, mire, nomás ponga su pie y verá que tenían pata grande de a tiro. Y también ahí de repente uno se encuentra cosas de aquel tiempo, cosas que hacían los gigantes. Venga... Mire nomás qué chulada de cuenco es éste; nomás con verlo uno sabe que

---

* Estalactitas.

es de los gigantes, sin explicación. Hace muchos años un señor se encontró un diente, o sea una muela grande, y decía que era de los gigantes. Yo no la *vide*. Luego creo que la llevó a Monterrey o vinieron gentes de la universidad y el asunto es que dijeron que era un muela de mamut, o sea de esos elefantes que ya no hay porque se acabaron también cuando se acabaron los gigantes.

José Almaguer

En la mitología universal y en el folklore de numerosos pueblos aparecen relatos sobre gigantes, generalmente situados en tiempos prehistóricos. Este ciclo narrativo está influido, en parte, por las enseñanzas cristianas —particularmente por las referencias bíblicas al diluvio—, pero también constituye la continuidad de una tradición oral mucho más antigua, cuyos orígenes se remontan a épocas prebíblicas.

En Los Canelos, un paraje natural ubicado por la carretera de Los Cavazos a Villa Juárez y Cadereyta, existen formas caprichosas en las rocas junto al río, así como piedras con enormes huecos y también hay cuevas. Aunado a esto, el haber encontrado muelas de mamut ha dado pie a historias y leyendas relacionadas con los gigantes.

La mesa de Catujanos

Lampazos de Naranjo

Hay otro lugar también súper interesante donde hemos ido a explorar y hemos acampado: la Mesa de los Catujanos. ¿La conoces? […] Exacto, padrísimo lugar, vistas maravillosas, misterioso, ¿no? Yo he ido tres veces y desde la primera me llamó la atención desde la carretera entre Bustamante y Lampazos por lo plano y vaya que no es único con esa forma plana, pero sí de los pocos, muy pocos, ¿verdad? en el estado de Nuevo León. Acá es un ejemplo casi excepcional, pero en Coahuila y Zacatecas hay muchos, aunque no tan amplios como este cerro de los Catujanos. […] ¿En Jalisco y Guanajuato también? *Ora*, no sabía. Deja tomo nota…

Las tres veces que he ido, hemos acampado arriba, y nos han asustado. Qué te cuento si ya sabes, hay cuevitas con pinturas rupestres, hay petrograbados, geoglifos; es súper enigmático ese lugar. También está la hacienda y el fuerte. Tiene mucha historia ese lugar, y también historias, que si no.

Las tres veces que hemos acampado, con grupos distintos, nos han asustado porque hemos visto luces que salen de la nada, que se mueven de un lugar a otro y no vienen del cielo; creo que salen del suelo. También se oyen ruidos, pero no como de miedo, aunque sí dan miedo porque son sobrenaturales; digamos que sopla el viento de manera diferente y como que trae voces, eso. Lo digo yo y también los compañeros que hemos acampado allá porque también han sentido lo mismo, han oído lo mismo, han visto las luces que te digo.

Hay teorías súper jaladas de que los indios catujanos aplanaron ese cerro en la parte de arriba. Son jaladas porque es imposible, es muy grande el plano de esa meseta —no sé las medidas exactas, pero han de ser cientos o miles de metros cuadrados— y ¿para qué los indios se hubieran tomado el trabajo de aplanar eso? También han dicho que es cosa de los extraterrestres, que son lugares donde aterrizan las naves espaciales y bla, bla, bla. Y también hay otras teorías metafísicas de que son lugares para hacer meditación y desde allá acceder a otros planos de existencia, tanto en nuestro planeta como en otros planetas, o sea que se pueden hacer viajes intergalácticos, pero no en un aparato o en una nave, sino de manera espiritual. Entonces, estas teorías o hipótesis apuntan a eso, a los extraterrestres o a accesos a otros niveles de existencia. La verdad no sé qué pensar —qué te digo—, pero de que he visto y oído cosas raras allá arriba, sí.

Omar Álvarez Villarreal

También conocida como Mesa de los Cartujanos, es una meseta con altitud entre los 500 y los 880 msnm. Se localiza entre los municipios de Lampazos de Naranjo y Candela, Coahuila. Se le llama así en memoria de los catujanos, una tribu local tal vez emparentada con los tobosos. Existen cuevas y abrigos rocosos con pinturas rupestres hechas por aquéllos. La primera mención de la existencia de esta meseta data de 1669, según crónicas de Juan Bautista de Chapa. En 1848, Santiago Vidaurri, antes de ser gobernador de Nuevo León, se apropió de estas tierras, en agravio de sus legítimos habitantes, los catujanos, y construyó el casco de una hacienda en cuya capilla descansan sus restos. Al poniente de la meseta existen vestigios del fuerte El Alamito, construido como defensa de la meseta. En la actualidad, la ex-hacienda y la meseta son propiedad privada.*

---

*   Cartujano es un vocablo relativo a la Orden de la Cartuja, fundada por San Bruno en 1086. También se le llama así a una raza de caballos andaluces. Se ignora por qué los conquistadores llamaron de este modo a los nativos de esta región y pronunciándolo catujanos en vez de cartujanos.

Los Altares

Iturbide

Mire, yo no sé exactamente cuándo, ni por qué ni quién hizo Los Altares. Allí mero tienen una placa que dice su historia, pero *usté* sabe que l'historia oficial es una cosa y la *realidá* luego *arresulta* qu'es otra, ¿no?

Yo me *jui* de *mojao munchos* años; estaba jovencito cuando me *jui*. Luego regresé ya de grande y el camino ya'staba *terminao* y Los Altares también. Entonces no le puedo decir a ciencia cierta quién los hizo.

Antes estaba bien carancho ir a Linares o a Monterrey; con decirle que de Galeana a Linares se hacían dos jornadas y media. Primero, pa' llegar a Iturbide se caminaba por las veredas en la sierra, por dos cañones, y ya en Iturbide s'iba uno por todo el río hasta Linares. A Monterrey era mejor irse por Rayones. Pero antes la gente no tenía *necesidá* de viajar tanto. Ora las cosas son distintas.

Pero eso de Los Altares es curioso. Cuentan las gentes de por aquí que cuando empezaron hacer la carretera, que se trajeron a unos presos del penal de Monterrey —ha de haber sido pa' ocuparlos en algo de provecho, ¿no?— y *pos* ahí los traen, en friega de sol a sol. Pero hubo uno que se les desbalagó cuando ya'staban *entraos* en la sierra. No se podía escapar muy lejos porque lo *traiban amarrao* con cadena, pero se les desbalagó y cuando lo hallaron ya'staba haciendo Los Altares.

Y es que dicen que al fulano ese le gustaba hacer figuras y que les pidió a los gendarmes y al ingeniero que lo dejaran terminar el trabajito ese. Me *afiguro* yo que los gendarmes les dijeron a sus superiores y ellos al gobernador y, bueno, le dieron licencia al artista ese. Luego parece que hasta solicitó ayuda a otros amigos y entre todos hicieron Los Altares. Dicen que les tomó mucho tiempo terminarlo; tanto como la carretera misma. Y es qu'está difícil de a tiro hacer esos dibujos en la pared esa —sepa la bola cómo le habrán hecho; a la mejor con escalera y con cuerda p'amarrarse'n lo más alto, ¿no?

Cuando terminaron la carretera y Los Altares, creo que hasta el mismo Presidente [de la República] vino a *l'inaguración*, y le gustó tanto Los Altares que hasta ordenó que dejaran en libertad al preso que los ideó. Eso es lo que dicen por acá.

Tobías Martínez

Una de las obras mexicanas más importantes de arte mural tallado en la roca se encontraba en Nuevo León, en el municipio de Iturbide, a un costado de la carretera No. 58. De acuerdo con la placa alusiva a la construcción de esa carretera y la conclusión del monumento que narraba eventos históricos del país, éste se terminó en 1962.

En el mes de junio de 2002, esa monumental obra se derrumbó por causas naturales de erosión e intemperismo, y también como resultado de la negligencia de las autoridades a quienes les compete preservar este tipo de patrimonio, las cuales nunca supieron darle la conservación adecuada.

A pesar de la corta historia de Los Altares, en su momento originó algunas pláticas como ésta escuchada en 1995, la cual nada tenía que ver con la versión oficial de su creación.

LOS BAÑOS DE SAN IGNACIO

LINARES

Sí, señor, cruzando el pantano *usté* llega al bañito. El pantano tiene l'agua muy fría todo el año, y antes me acuerdo que contaban que había caimanes y que le habían comido la pata a un fulano. Pero bueno, de lo que *usté* me pregunta, *pos* la *verdá* me acuerdo que antes decían que se llamaban *ansina* (San Ignacio) porque en otros tiempos —será de antes de la Revolución creo yo— había en Linares un padrecito que venía por estos rumbos a enseñarles la religión a la gente. Era un padrecito muy aventurero y buena gente, como qu'él quería conocer todo. Se llamaba Ignacio.

Pos fíjese que es plática de que un día el pobre *pos* no se le ocurre meterse a bañar en el bañito, y *pos* le tocó la de malas y se *ogó* allí *mesmo* —Dios lo tenga en su santo reino. Yo creo que se *ogó* porque las aguas de ahí son medio traicioneras. La gente de aquí no crea que se mete a l'hondo; no, nosotros nos quedamos ahí en la orilla nomás. Y es que en l'hondo hay remolinos o que sé yo, y a cualquiera se le dificulta nadar bien. Y *pos* al cura ese se le ocurrió meterse hasta el centro y ahí quedó. Y por eso se le quedó al lugar como "Los baños de San Ignacio", en honor a ese padrecito que en paz descanse.

Camilo Bazaldúa, vecino de El Cascajoso

Yo y mi familia venimos aquí muy seguido porque son las únicas aguas curativas que hay por aquí cerca. Yo no conozco ningún otro lugar que tenga las propiedades de estos baños. Dicen que son curativas porque un padre de Linares que se llamaba Ignacio las conjuró. Algo habrá de cierto porque, mire nomás, el agua siempre'stá caliente (37 °C promedio), hasta en tiempo de frío está calientita. Y el olor como a huevo güero es normal aquí, y *pos* eso ayuda mucho a la piel y también ayuda a la presión (arterial), dicen. Ya ve, allá'stá mi señora y su hermana poniéndose lodo en la cara que dizque según ellas quita las arrugas y quién sabe qué más. A mí me gusta porque me siento mejor después; hasta la piel se siente como más distinta, estirada, rejuvenecida.

Yo he viso que por aquí vienen mucho las gentes de l'universidad, y hacen sus estudios y cosas d'esas. Una vez unas muchachas que andaban tomando muestras del agua nos dijeron que tenían varios minerales buenos para la salud. Y quién sabe, las gentes del ejido dicen que el lodo bueno es el rojito que está abajo del lodo café. Y ese es el que uno debe ponerse para quitar los problemas de la piel.

L'único malo d'este lugar es el charco frío que uno tiene que cruzar y los *méndigos* zancudos que como que nomás ven a uno de otro rumbo y se le vienen como enjambre. Están bien *disgraciaos*.

Eustaquio de la Rosa, vecino de Purísima de Conchos

Por ser la matriz universal de todas las virtudes, del agua derivan múltiples mitos y leyendas en todo el planeta. Ritos iniciáticos, lustraciones bautismales tienen al agua como símbolo cosmogónico. Por su parte, las pozas naturales y los manantiales son símbolos de regeneración, sanación, rejuvenecimiento.

En el municipio de Linares, al igual que en muchas regiones de México, existen aguas termales o medicinales que han sido epicentro de leyendas debido a su poder curativo, su poder mágico o simplemente porque sus aguas huelen diferente y no corren como las de los ríos. San Ignacio se llaman las tres pozas termales ubicadas en tierras ejidales al este del municipio linarense, pero sólo una de ellas es de acceso público.

LOS MORROS

ARAMBERRI

Esos morros tienen su historia. Unos les dicen qu'el cerro del Morro y otros qu'el cerro del Viejito, pero la verdad son dos cerros, dos morros. Una vez anduvo por acá Alvarado, el de los reportajes de la tele, y dijo que les dicen morros porque son como el puño de la mano nomás con dos dedos. Pero de las historias que usted pregunta, sí, sí tiene sus historias. Aquí han andado mucho los de la universidad de Linares (Facultad de Ciencias de la Tierra) y han encontrado que huesos de animales gigantes, que cuevas con figuras de los indios, que vasijas y tantas cosas más. Hasta han dicho que esto aquí era antes un mar o sea que estaba tapado todo por agua, y por ahí va la historia que nos han platicado *desdenantes*. Mire, haga de cuenta que aquí antes de ahora y antes de que fuera mar era donde vivían los gigantes y esos se rebelaron contra Dios porque en vez de adorarlo como se debe adorar a Dios mejor adoraban a sus dioses. Ellos hicieron los morros con sus propias manos o sea que era un cerro normal como cualquier cerro, pero tenían que sacarle forma de sus dioses porque ellos no adoraban a un solo dios sino a dos y por eso los Morros son dos figuras. Entonces, un día Dios los castigó y fue cuando se vinieron las grandes lluvias que inundaron todo y eso está escrito en la biblia y por eso aquí saben los de la universidad que aquí era un mar, o sea que los Morros estaban tapados de agua o nomás en la parte alta eran como dos islas. Y después con las secas se fue acabando el agua y ahora nomás corre el río, pero los Morros allí siguen y son los dioses de los antiguos gigantes.

Santiago González Lara, campesino

En diversas culturas del mundo existen mitos que explican el origen o la forma particular de un lugar. Los ejemplos más recurrentes suelen ser cerros y montañas, cuyos perfiles dan pie a interpretaciones arquetípicas que se repiten en múltiples tradiciones, a menudo con la intervención de alguna deidad. Algo similar ocurre en los relatos de castigos divinos: cuando un ser humano comete una falta que ofende a Dios o a los dioses, estos lo transforman en algo ajeno a su naturaleza, un motivo ampliamente documentado en la mitología comparada y se le conoce como transfiguración punitiva.

En México tenemos innumerables ejemplos de leyendas de humanos que fueron convertidos en cerros por acción divina, dígase castigo o piedad. Entre otros podemos mencionar los volcanes Popocatépetl e Iztaccíhuatl; el cerro de "Las comadres", en Guanajuato; el cerro de "La pez", en Ébano, SLP, o el cerro de "La giganta", en Baja California Sur.

En Nuevo León tenemos también leyendas de castigos divinos, como de sirenas, de la Llorona o las de este cerro que es símbolo del sureño municipio de Aramberri.

Sepulturas en Catedral

Linares

Ustedes bien saben cómo antes era costumbre enterrar a gente pudiente en las iglesias. Los ricos y los sacerdotes eran merecedores de tan importante lugar, como si eso los tuviera más cerca del cielo. Quién sabe si ese sea el caso.

Pero miren, en los *asegunes* de la gente de antes, se referían mucho a que en la catedral, en la parte que da al sur, por donde ahora corre la calle Morelos, en mero enfrente de donde vivían las güeras Gómez, estaban enterradas unas gentes. Miren, no se sabe por certeza si eran sacerdotes o qué sé yo, pero cuando empezaron a levantar las nuevas construcciones hubo un padrecito que les prohibió a los *maistros* que trabajaran en cierta parte, porque dizque ahí estaban enterrados unos huesos de difuntitos. Y que luego luego a los *maistros* esos les ganó la curiosidad, pero no se atrevieron a trabajar por ahí por temor al pecado. Pero bien *mondaos* que eran, sí preguntaron a otras gentes y les dijeron que hacía muchos años habían dado cristiana sepultura a varias personas, pero que los habían enterrado ¡parados! *Afigúrense* ustedes, ¿cómo habrán sido en vida esos difuntos para que los *haigan* enterrado parados? *Pa'* mí que fueron gente mala de a tiro, y como castigo de pecadores los enterraron así mero. Pero vaya usted a saber y quien quite que *haiga* sido penitencia de ellos. Dios los tenga en su santo reino.

Pedro Contreras

En México es común ver lápidas con epitafios en el interior de iglesias o en los atrios. Si leemos las fechas nos damos cuenta de que son, por lo general, de finales de siglo XIX o principios del XX, lo cual infiere que esa costumbre cayó en desuso. In illo tempore, *las familias acaudaladas, principalmente, elegían la capilla o iglesia de su pueblo para ser sepultadas, tal vez con la creencia de estar así más cerca del cielo, con la añadidura de que mientras más contiguo al altar, más próximos a la gloria eterna.*

Ahora bien, puesto que el panteón principal de Linares se encontraba atrás de lo que es ahora la catedral, dicha costumbre parece no haber sido habitual en esta ciudad, a juzgar por la falta de lápidas adentro de las iglesias, aunque es posible que durante las reconstrucciones que se hicieron a mediados del siglo pasado las lápidas hayan quedado cubiertas. Sin embargo, en la nave sur de la Catedral podemos apreciar una lápida solitaria, consagrada a monseñor Castellanos, quien pasó gran parte de su vida al servicio de esa ciudad.

Aun así, aquí tenemos una historia que habla de sepultados o emparedados adentro de la catedral, en una de sus paredes.

El nombre de Monterrey

Monterrey

De Monterrey yo sí me acuerdo de un chiste que platicaban del cerro de la Silla, pero es chiste no leyenda, y el chiste decía que eran dos hombres, un papá y un hijo que andaban arriba en los cerros y que al hijo se le cayó una moneda de un peso y el papá lo regañó y le dijo: "Ponte a buscarla". Y el chamaco se puso a buscar y el papá le empezó a ayudar y así estuvieron escarbando con sus manos hasta que la encontraron, pero escarbaron tanto que ni cuenta se dieron de que habían hecho un pozo tan profundo y tan grande que es la silla, que es como una montura o silla de montar. Ese es el chiste.

También me acuerdo que me platicaron que el diablo tenía su columpio en el cerro de la Silla, que de punta a punta había puesto una cuerda y se sentaba a columpiarse y vigilar que Monterrey estuviera bajo su dominio. Solamente me platicaron eso una vez y no creo que sea una leyenda de Monterrey.

Ahora, como leyenda del cerro de la Silla yo publiqué una en uno de mis libros de las leyendas de México[*], que es una versión que escuché dos o tres veces de cuando los españoles andaban ya por el norte, ya habían pasado por Durango, por Saltillo y ya andaban en lo que ahora es Monterrey y andaban buscando al "Rey del monte" porque les habían dicho que era el cacique de las tribus chichimecas de esa región y los españoles querían hacer alianzas con ese hombre para que les ayudara a que todos los indios de toda la región no fueran tan desgraciados y poderlos así pacificar. Entonces luego de andar

---

[*] Lozoya Cigarroa, Manuel. *Leyendas del México nuestro.* Edición de autor. Durango, 1991.

aquí por Durango, por Saltillo, por Monclova y por tantos lados, un día llegaron a una planicie y en la distancia vieron un cerro que tenía la forma de silla de montar. Como había agua ahí en las faldas del cerro, había unos manantiales que bautizaron Ojos de Santa Lucía porque los descubrieron en el día de Santa Lucía. Allí acamparon y uno de los españoles dijo: "Este lugar será Ojos de Santa Lucía y aquél será el cerro de la Silla".

Cuando los españoles ya estaban un poco asentados al pie del cerro de la Silla, en el lugar que ya le llamaban Ojos de Santa Lucía, seguían teniendo muchos problemas con los nativos porque venían y destruían lo que querían y quemaban los pueblos, se robaban el ganado, mataban a las mujeres y se llevaban a los niños para esclavizarlos —eso no lo cuentan los libros de historia, pero existen muchas leyendas e historias de los indios que esclavizaban a los españoles—; eran una calamidad, pero yo no los juzgo porque ellos defendían lo suyo; recordemos que los españoles eran los intrusos que habían venido a quitarles las tierras y los indios defendían lo suyo.

Un día llegó una comitiva de indios, unos pintados de verde, otros de rayas azules y blancas, otros color tierra. Por delante venían los arqueros, gente valiente custodiando una caravana que traía a un personaje muy importante que quería hablar con los españoles. Los españoles primero mandaron a un avanzado y luego que ya supo quién era ese personaje importante fue y habló con el gobernador —no sé si era Carvajal y de la Cueva o uno posterior— y conferenciaron. Resultó que ese personaje importante era el cacique, el rey del monte, el famoso "Rey del monte" que tanto habían buscado los españoles cuando andaban explorando el norte. El rey del monte llegó a un acuerdo con estos hombres españoles de dividir sus tierras: los españoles podían quedarse por ahí sin esclavizar a los indios y los indios podían seguir trabajando por ahí y viviendo libremente donde quisieran sin que los españoles los molestaran. Ese fue el acuerdo como terminó aquella reunión. El rey del monte se regresó a sus tierras y desde entonces el gobernador Carvajal y de la Cueva o quien haya sido el gobernador dijo: "Desde hoy en adelante aquí se va a llamar Monterrey, en honor al Rey del monte".

Manuel Lozoya Cigarroa, escritor de Durango

En todo el mundo circulan historias que explican por qué un lugar recibe determinado nombre: algunas se basan en mitos fundacionales, otras en la apariencia de accidentes naturales; unas más son leyendas históricas y otras recreaciones literarias, como la narrada por un investigador duranguense. En su relato aparece el motivo del columpio del diablo, *que parece ser un relato único y no de origen regional. Sin embargo, conviene señalar que en Matehuala, SLP, existen leyendas con ese mismo contenido y, dado que muchos matehualenses emigraron a Monterrey, es posible que la narración se haya confundido, trasladado o adaptado al contexto local.*

LAS GRUTAS DE BUSTAMANTE

BUSTAMANTE

Sí, luego vienen y cuentan cosas de los espantos y hasta de los tesoros que en los *asegunes* hay adentro de las grutas, cosa que no es cierto porque la historia de las grutas nada tienen que ver con los ladrones. Mire, lo que a mí me han platicado —porque así lo cuentan en la historia— es qu'estas grutas fueron descubiertas en 1906 por un palmitero que andaba por estas alturas de la sierra buscando hojas de palma par'hacer sus artesanías para vender, o sea que tallaba las hojas de la palma para sacar la fibra y de eso hacía sus artesanías. El señor ese, que se llamaba Juan Gómez, parece que se detuvo a descansar aquí mero en la boca de la entrada, pero no sabía qu'el cerro estaba hueco por dentro. En eso, dicen que sintió en su tobillo un aire frío saliendo de un agujerito y le ganó la curiosidad. Lo abrió con un palo de barreta que cortó con su machete, y estuvo duro y dale hasta que pudo pasar por él. Se asomó y no vio nada aquí adentro; *namás* sintió qu'el aire'staba más fresco qu'el calorón que de seguro estaba haciendo afuera, ¿verdad? El señor ese se metió con coyunda* par'apercollarse y se alumbró con hojas de palma que ya había juntado. *No'mbre*, imagínese, cuánta sorpresa no le ha de haber dado descubrir algo que nadie antes había visto con sus propios ojos y que ni siquiera se sabía qu'existiera.

En la tarde llegó al pueblo con el brete y le platicó a toda la gente. Casi nadie le creyó, pero unos sí vinieron con él al día siguiente. No, *pos* así luego se dio fe del descubrimiento y bautizaron la caverna como las Grutas de la Palma.

Entonces pasaron unos años, y fue hasta 1910 cuando el

---

* Correa hecha con el cuero de res.

general Naranjo, un señor vecino de acá de Lampazos, vino a tratar d'encontrar el fin de las grutas; él bajó acompañado del mismo Juan Gómez. Cuentan qu'estuvieron adentro dos semanas —una de ida y una de vuelta—, pero no lograron darle fin a la gruta.

Y *pos* así quedó la cosa. Casi nadie sabía d'estas grutas, más que la gente de aquí de Bustamante. *Namás* los chamacos se metían a lo que es la primera galería, aluzados con lámpara, ¿verdad? Y luego pasaron muchos años, hasta qu'en 1963 abrieron las grutas para el turismo. Pero en ese tiempo para llegar aquí uno tenía que caminar por más de dos horas. Luego, en 1984 construyeron el camino que hoy en día hac'el paseo más corto al turista, ¿verdad? Y en esos mismos años vinieron los doctores gringos[**] de l'universidad (Facultad de Ciencias de la Tierra de la UANL) y también se metieron quince días. Yo los acompañé. Ellos hicieron derroteros[***] y recorrimos todas las galerías que hast'hora conocemos, pero no logramos darles fin a estas grutas y nada que tienen salida con Boca de Iguanas (municipio de Lampazos) o con Vallecillo, puros cuentos, esos lugares son minas con muchos socavones y muchas leyendas de serpientes gigantescas. Acá en estas grutas no hay minerales ni serpientes.

Como le dije, al descubrirlas estas grutas se llamaban de La Palma, en honor a Juan Gómez que fue el descubridor y era palmitero de profesión, pero ahora todos las conocemos como las Grutas de Bustamante porque se hallan aquí en el municipio, *cerquitas* de la ciudad.

"El vigilante", guía turístico (en 1996)

Según los datos históricos, estas grutas fueron descubiertas en 1906 por Juan Gómez Cázares y Ramón Rodríguez, pero fue hasta el 12 de septiembre de 1909 cuando el descubrimiento fue informado de manera oficial por el general Bernardo Reyes.

[**] Alemanes.
[***] Mapas.

Pese a lo misterioso que puedan resultar las grutas y sus galerías debido a sus formas caprichosas, no parece haber leyendas que se cuenten. Sin embargo, vale mencionar que los nombres de algunas galerías o de estalactitas o estalagmitas pueden sonar legendarios, pero fueron nombrados así por lo que parecen, según el imaginario: "Salón de gigantes", "El altar", "La entrada de la bruja", "El cuarto secreto", etc.

OTRAS LEYENDAS

Los chicaleros, tradición de Galena, NL

LOS CHICALEROS

GALEANA

[…] Así es, aquí en Galeana desde hace un chorro de años siguen esta tradición de los chicaleros. Creo que empezó en algún rancho de la sierra, desde donde se fue viniendo para acá, hasta que ya cada Semana Santa organizan la fiesta en la laguna (de Labradores).

Una tía muy viejita, que estuvo casada con un hombre de la hacienda del Potosí, y parece que lo fusilaron pasando la Revolución, nos platicaba que a ella le tocó el tiempo cuando el sacerdote de la hacienda prohibió que los chicaleros hicieran sus fiestas en el atrio del templo, que dizque porque eran tradiciones bárbaras. Entonces se me hace que esa fiesta ya tiene un chorro de años.

Parte del ambiente es que toda la gente de Galeana, y los que se han ido a vivir a otra parte que vienen en Semana Santa a pasar las vacaciones, no desaprovechan la oportunidad de ver las danzas de los chicaleros. Es que se trata de una tradición que viene desde nuestras raíces, ¿no?

Mira, déjame explicarte: toda la danza es algo así como una sátira porque esos chicaleros se visten de diablos; por eso también les dicen "los chamucos". Se ponen máscaras bien gachas, y como ropa se ponen pedazos de costales, y la cola de chamuco es de mecate.

Primero los chicaleros andan por todas las callecitas y rincones de aquí de Labradores. Traen látigos con los que andan molestando a los turistas y casi los obligan a que cumplan todos sus deseos, o sea que los hacen bailar, pero si se niegan, entonces, a "latigazos" los hacen que saquen algo de dinero.

Los chicaleros empiezan con su relajo desde el miércoles y terminan el sábado de Gloria. Lo que hacen es meterse a las casas de los vecinos para "robar" lo que se les antoje. La verdad es que todo mundo es así como cómplice de esas raterías, porque no hay quien no deje la puerta de su casa abierta. Entre sus travesuras, los chicaleros se roban cosas de la cocina para que las mujeres no tengan con qué preparar los alimentos de sus maridos. Pero no vayas a creer, luego regresan todo lo que se "robaron".

Todo lo que se "roban" lo van alzando en la guarida del Diablo mayor, o Satanás, y con eso preparan la comilonga del sábado; ese día hacen la boda chusca. La boda es así como el momento más divertido de la fiesta. A una diabla la casan con un turista, o con alguien que no es chicalero, pero que sí sabe cómo está la onda. Para esto, él ya sabe que tiene que emborrachar primero a todos los chamucos para luego robarse a la "novia" y con eso no deja que los demonios sigan multiplicándose. Más o menos esa es la idea de esta tradición.

Alejandro Espinoza, empleado en un depósito

Posiblemente ésta sea la costumbre festiva más antigua que pervive en el estado de Nuevo León, sin duda de reminiscencia indígena, pero cuyos orígenes son desconocidos. Dadas las características actuales de esta danza, se cree que los chicaleros son el sincretismo de lo autóctono con lo español.

El apelativo de chicaleros proviene de la palabra "chical" (de origen desconocido), la cual designa una comida tradicional que se prepara en el Altiplano.*

---

* En los municipios de Galeana y Rayones tienen la costumbre de preparar un platillo a base de maíz tierno oreado en la mazorca, y una vez desgranado se guisa con condimento, sin faltar el ajo, la cebolla, el chile y la papita de la región. Con eso y algunas especias hacen albóndigas que se comen durante la vigilia y los días de guardar en Semana Santa. Dicho platillo es conocido regionalmente como "chicales". Como dato adicional tenemos que, en el Estado de México, los chicales son un tipo de hongos comestibles, pero nada que ver con el platillo neoleonés.

Doña Julia

Villaldama

En Villaldama había una mujer que se llamaba Julia. Decían de ella que era bruja y que tenía pactos con el Diablo; quién sabe y sí porque gente con el don de curar hace pactos con los espíritus. También decían que hacía monitos con cebo negro y que los quemaba o les encajaba espinas. Sepa dios si eso era cierto y uno no está aquí para juzgar a nadie que ni siquiera conoció. Yo no sé si doña Julia haya sido bruja, negra o blanca que el color da lo de menos, lo que yo sí sé es que ella era curandera porque eso contaba mi mamá. Mi mamá, que era de Villaldama y vivió allá hasta que se casó con mi papá y se vino a vivir a Monterrey, contaba que mucha gente procuraba a esa doña Julia para que los curara de espanto, de mal de ojo, de salazón y a los niños que de mollera caída y cosas así. Curaba ella con yerbas, con huevos de gallina de corral y con los espíritus que se encomendaba, pero yo no sé cuáles. Mi mamá fue con ella varias veces ya de casada, o sea que ya viviendo acá en Monterrey, cuando iba a Villaldama a ver a la familia, si traía un problema iba con doña Julia. Y doña Julia la citaba en el templo de san Pedro, ese templo que está cayéndose, y allí le hacía la barrida o la curación que con el huevo, que con velas. Creo que ni cobraba por los trabajos, pero sí recibía regalos, o sea que gente agradecida le regalaba cosas, dinero o lo que pudiera, que una chiva, que un pollo, lo que fuera. No sé si doña Julia de eso vivía o si tenía marido o hijos que vieran por ella o si ella mantenía a su marido y su familia.

Marcos Reynaldo Solís, vecino de Monterrey

Brujería y curanderismo constituyen ámbitos distintos dentro del imaginario ritual y terapéutico tradicional: el primero se concibe como un arte asociado al manejo de fuerzas sobrenaturales, mientras que el segundo se entiende como un oficio orientado a la sanación. Ambos pueden aprenderse, heredarse o, según ciertas creencias, recaer en personas que han sido elegidas por poderes superiores. No obstante, en el folklore parece existir una línea divisoria sumamente tenue entre ambas prácticas, pues con frecuencia se habla de individuos que ejercen una u otra de manera indistinta; es decir, hay curanderos que también son considerados brujos o hechiceros.

Además, los curanderos suelen ser hierberos, ya que poseen un conocimiento profundo de las propiedades medicinales de las plantas, las cuales también son empleadas por los brujos con fines específicos dentro de sus rituales. Esta intersección de saberes contribuye a la ambigüedad conceptual que caracteriza a estas figuras dentro de la tradición oral.

Un ejemplo ilustrativo es el caso de Villaldama, donde vivió una mujer que, según algunos testimonios, era bruja, mientras que otros la recuerdan más bien como curandera. Esta dualidad en la memoria colectiva evidencia la permeabilidad entre ambas categorías y la manera en que la comunidad interpreta, resignifica y clasifica las prácticas rituales según su propia experiencia y cosmovisión.

El burro que se alarga

Los Ramones

Cuentan que una vez había unos muchachos bien traviesos que se juntaban todas las tardes a jugar en un solar con un burro que tenía el papá de uno de ellos. Era un burro bien mansito que se dejaba que lo montaran. Cada vez que los chamacos esos lo montaban, el burro brincaba de gusto. Era muy juguetón también.

Pero no siempre las cosas tienen un final feliz. Resulta que el burro como que se empezó a cansar de que esos muchachos lo montaran de a montón. Y es que cada vez eran más los que se le subían al espinazo. Por eso el burro comenzó a dar como relinchidos, pues le dolía el lomo de tantos güercos encaramados encima de él. Primero eran como tres, luego venía otro, y otro y otro, hasta que se le trepaban como diez o más.

Una vez, el burro ya harto de tanto juego brusco de esos malcriados, empezó a crecer y a crecer, y los muy tontos creían que eso era más divertido porque se podían subir más en él. Pero el burro creció tanto que de repente hasta le empezaron a salir cuernos y la cabeza se le puso bien fea. También empezó a apestar bastante, como a azufre. Resulta que el Diablo se había metido en el burro y comenzó a hacer de las suyas. Los muchachos ni cuenta se daban porque traían un merequetengue con el burro en sus juegos. Pero ya cuando el burro era tan largo pero tan largo, incluso comenzó a balbucear cosas bien feas, y fue entonces cuando los chamacos se dieron cuenta que era el Diablo. Corrieron despavoridos.

El burro los siguió y los siguió. Ellos se metieron a la casa de uno y cerraron la puerta, pero el burro la rascaba, rebuznando como demonio, hasta que tumbó la puerta y se metió. Era tanto el miedo de esos güercos que no les quedó de otra que hincarse y ponerse a rezar. Pasó mucho rato hasta que, después de tanta oración, el burro se empezó a encoger y volvió a su tamaño normal. Desde entonces esos muchachos se portaron bien y ya no molestaron al animal jamás.

Doña Lupita

Muchos cuentos y fábulas infantiles, además de servir como entretenimiento, transmiten una moraleja destinada a enseñar una lección a quienes los escuchan. Tal es el caso de esta historia regional, cuyos protagonistas son un burro y un grupo de niños traviesos, y que funciona como un ejemplo de pedagogía moral dentro de la tradición oral.

A manera de analogía, en algunas fiestas tradicionales o patronales de pueblo hemos observado una especie de juego infantil "improvisado", durante el cual los niños corretean detrás de alguien en bicicleta y en cada vuelta el número de participantes en persecución va creciendo, todos con el afán de treparse en ella. Se menciona esto porque tal vez ese juego de la bicicleta sea una reminiscencia del cuento del burro que se alarga.

La espada en la roca

Galeana, San Juanito

—**P**or aquí deb'estar... Por aquí deb'estar... Hace mucho que no vengo por aquí —dice don Manuel, un carpintero de San Juanito que me sirvió de guía en una expedición por la sierra para ir a fotografiar una espada clavada en una roca, según me habían platicado en Cuevas, municipio de Iturbide.

"*Toy* seguro qu'está por entr'esos mogotes. Es una *cuchía* grande, con mango de acero, *labrao*, chulo. Estaba entre una palma y un mezquite, pero yo creo que la palma ya se cayó. Hace com'unos treinta años que no venía por este rumbo... Pero no se apure; la *cuchía* ahí debe seguir; no hay *juerza* humana que la saque, ni tampoco se v'acabar con el sol y l'agua. A lo mejor se oxida más, eso sí, pero no se acaba...

Seguimos buscando entre la rala maleza por unos quince minutos, después de una caminata de más de dos horas a pleno sol, hasta que...

—Mire, ¡ahí está! Esa es la *cuchía* enterrada que le venía diciendo. ¿Cómo la ve?

Efectivamente, el hallazgo era una espada de origen español, con mango tipo de sable, pero de acero fuerte, ya muy oxidado. Estaba clavada en una piedra, tal y como lo había afirmado don Manuel.

—¿Y cómo habrá llegado esta espada hasta acá? —le pregunté.

—No, *pos* habrán sido los *hacendaos* de antes. O los españoles cuando andaban matando indios en estas tierras. Pero qué curioso, fíjese nomás y uno se pregunta cómo vino a caer parada y s'enterró en la piedra esa. ¿O la habrán *encajao* en la piedra a propósito? ¿*Usté* qué dice?

—Sí, es extraño. Y dice que nadie la puede sacar.

—No, *naiden*. Yo sé porque me han dicho, pero no he visto: han venido gentes que han *intentao* sacarla, pero no pueden. Ni con *riata* y jalándola con la fuerza de caballo sale. Está encajada ahí, y sabrá dios si alguien la podrá sacar.

—¿No será que algún tesoro está enterrado por aquí?

—No, tesoros por aquí no. Pero verá: había un señor de Pablillos que una vez trajo a un *pelao* que l'*intelige* a la vara. Pasó la vara por todas partes, y nunca señaló nada, más que la *cuchía*, o sea la espada esa. Ni siquiera una herradura vieja de caballo señaló la vara. Tesoros no.

—Y esta espada, ¿no habrá sido de algún español que cayó muerto aquí?

—Sepa dios. De haber sido *ansina*, entonces el varitero hubiera hallado el casco, ¿no?

"Pero le voy a decir lo que contaba el señor de Pablillos que le digo. Él contaba que no sé en qué libro leyó que cuando había una espada encajada en una piedra, sólo la persona marcada por la suerte l'iba sacar y esa persona s'iba volver el dueño de toda la región. Y quién quite y esa *cuchía* sea la que cuenta el libro aquel.

Don Manuel, carpintero

Dentro del ciclo arturiano de la literatura inglesa, una de las leyendas más difundidas a escala mundial es la de Excalibur, la espada que Arturo extrae de una piedra para convertirse en Rey y legitimar su soberanía sobre lo que hoy es Gran Bretaña.

Aunque la combinación espada-piedra no es un motivo particularmente extendido en la mitología universal, resulta llamativo que en el sur de Nuevo León exista un relato con una estructura similar, adaptado al contexto regional. No obstante, este caso puede considerarse un ejemplo aislado, un relato único sin paralelos dentro del folklore local, regional o mexicano.

La india que metieron a la cárcel

Linares, Hacienda de Guadalupe

Siempre se han contado cosas raras por aquí. No es que sean cosas del otro mundo, sino que luego llegan gentes de quién sabe dónde y traen costumbres bien raras, como le voy a platicar de una india fea que sepa la bola de dónde vino, pero la cosa es que por aquí andaba. Por aquí pasó —eso cuentan, *¿vedá?*—, por aquí pasó.

La cosa 'stá en que... —¿cuándo sería? Yo creo que ya hace muchos años, creo que mi tío era el alcalde entonces. *Güeno*, la cosa 'stá en que allá por l'hacienda (de Guadalupe) encontraron a una india cochina adentro de la panza de un caballo y s'estaba comiendo el morcón. Imagínese, ¡comers'el pancear* apestoso de un animal ya bien podrido! Lo que son las costumbres d'esas gentes brutas, ¿no? Son *piores* que los animales.

Y como era india, *pos* los que la vieron la golpearon mucho, y no porque s'estuviera comiendo una propiedad ajena, sino porqu'el caballo ya 'staba muerto de dos días. Entonces que llega la policía y que se la llevan pa' Linares. Allá la encerraron unos *diyitas* —quién sé cuántos. La cosa es que *naiden* fue a sacarla.

Pero *pos* tenía que cumplir su condena, y cuando la cumplió dicen que *namás* saliendo se fue a la plaza y se trepó a un árbol y ahí empezó a gritar ella, a los cuatro vientos, y no me acuerdo cómo decía, pero eran unos berridos bien feos, seguramente a sus espíritus.

Guadalupe Martínez Dueñas

* Vísceras.

En Nuevo León se han recopilado leyendas y referencias de indígenas que fueron capturados por causas diversas, siendo acusación de robo de ganado o crimen las más comunes, aunque otras son antropofagia, faltas a la moral, herejía, sacrilegio, falta de respeto a las autoridades, etc. De hecho, existe una saga o ciclo de historias catalogadas como "la cautiva", en el cual se consignan relatos sobre mujeres indígenas que fueron aprehendidas y acusadas por toda suerte de barbaridades, acaso falsas o ciertas, como en este ejemplo que todavía se platica en la comunidad linarense de La Petaca.

LA LUZ ERRANTE

CHINA, El Hueso

—Oiga, ¿por qué está tan solo por aquí? —le pregunto a un anciano quien, junto con su hermano, es uno de los últimos pobladores de esta comunicad casi abandonada.

—Es que aquí se quedó solito porque toda la gente ganó pa' Monterrey o pa'l otro *lao*. Se fueron yendo primero unos y luego otros y ya casi no queda *naiden*, nomás nosotros dos y otra familia que vive en *aqueas* casas. Con decirle que hasta los espantos se fueron con la gente.

—[...] ¿Y no platicaban antes de la Llorona o de la mujer de blanco por aquí?

—Sí, pero como ya no hay *naiden*, *pos* uno ya no platica d'esas cosas.

—¿A alguno de ustedes le tocó verla u oírla?

—No, a mí no ni a él. Eran pláticas nomás.

—¿Y de la luz errante?

—Ah, esa sí se miraba en las noches. A la mejor todavía se mira, pero nosotros ya no campeamos; por eso no sé decirle si todavía anda por ahí.

—¿Cómo es?

—Es *ansina* com'una luz que sale en el monte. Haga de cuenta qu'es com'una antorcha o una flamita de una vela.

—¿Y por qué sale?

—En los decires de más *denantes* decían que salía cuando uno andaba *desorientao* en el monte. Decían qu'esa luz errante ayudaba a un individuo que andaba *nortiao**.

—¿A usted se le apreció alguna vez?

—Sí, más de una vez a mí. Cuando *tábanos chiquíos*

---

* Perdido.

campeábanos las chivas y cuando ya era muy de noche y *andábanos nortiaos* salía la lucesita y ahí nos iba guiando hasta *qu'encontrábanos* el camino.

—¿Y las chivas no se asustaban con esa luz?

—No. Es que las chivas son medio tarugas, muy confianzudas, *¿vedá?*, pero fíjese que los perros son muy celosos y nunca ladraban ni nada cuando salía la lucesita.

Don Juanito

En todo el mundo existen relatos sobre luces misteriosas que se ven en lugares despoblados, principalmente en las noches cuando alguien anda solo. Ejemplos hay muchos, como Jack-o'-lantern *o* Will-o'-the-wisp, *en el folklore británico;* Dickepoten, *en el alemán de la Baja Sajonia, o* tiene sionniic, *entre las culturas con raíces celtas. En mitología está catalogado como* Ignis fattus *o* Fuego fatuo.

Esta luz sobrenatural, según muchas creencias, suele manifestarse inesperadamente para acompañar o guiar a personas que andan perdidas en el bosque, monte, selva o desierto.

LAS HERMANAS RESPONDONAS

Linares, La Escondida

Cuando estábamos niños trabajó en la casa una muchacha que le decíamos Lala. Me acuerdo que era de La Escondida y que en la noche, después de la cena, nos contaba historias, no sé si historias para darnos miedo y nos portáramos bien o leyendas de su pueblo. No se me olvida una de esas historias que trataba de dos hermanas que eran muy respondonas y el papá no les decía nada porque siempre andaba en el trabajo, pero la mamá sufría mucho con ellas y eso que estaban chiquillas todavía —tendrían como 12 o 13 años. La mamá les pedía que hicieran esto o lo otro o que ayudaran con alguna tarea de la casa. Pero como esas malcriadas eran respondonas, no le hacían caso a la mamá que se mortificaba mucho con ese comportamiento y de buena manera les decía que fueran mejores personas para que pudieran encontrar buenos maridos. "Tan *güenos* como su marido golpeador, *amá*", le respondían ellas, burlonas. También les decía que se portaran bien porque, de lo contrario, dios las iba castigar. Sólo se los decía a ellas, no a su marido porque sabía que era un hombre de carácter encontrado.

Una vez él no pudo ir a trabajar porque le dio gripe muy fuerte y tuvo que quedarse encamado. La mamá de esas muchachas fue sola al tendajo y entonces el papá les pidió a las hijas un favor de algo, pero ellas no le hicieron caso. El papá les volvió a pedir el favor y ellas lo ignoraron. Él se enfureció y les dijo que fueran respetuosas con su padre porque, si no, les iba caer el castigo de que las enterraran vivas. Ellas se burlaron y riéndose se fueron a jugar al traspatio. Estaban jugando cuando empezó a moverse la tierra y ellas, a hundirse; se las empezó a tragar la tierra hasta que quedaron enterradas hasta el cuello. Ellas gritaban y gritaban y lloraban de desesperación hasta que el papá pudo levantarse como pudo porque se sentía muy mal y fue a tratar de sacarlas, pero no podía. Llegó la mamá del tendajo y fue a pedir ayuda con los vecinos. Vinieron con palas, picos, azadones y con lo que haya sido para abrir los pozos, pero no podían porque la tierra estaba muy apelmazada.

Lala decía que no sabía del desenlace de esta historia, si pudieron sacar vivas a las hermanas o si murieron enterradas, pero aseguraba que el castigo que recibieron por respondonas fue que la tierra se las tragó hasta el cuello.

Martel A. Martínez

Enterrar vivo a alguien es una forma de castigo documentada en diversas culturas del mundo. Las razones varían según el contexto sociocultural, pero la práctica suele presentarse de dos maneras: el entierro completo de la víctima o su semientierro hasta provocar la muerte. En el folklore universal se narran historias que explican este tipo de castigo. En México, por ejemplo, existen historias de personas enterradas junto a un tesoro para que sus ánimas impidan que alguien distinto a su dueño lo encuentre. Asimismo, tanto en México como en otras regiones del mundo se cuentan relatos en los que el entierro en vida aparece como un castigo divino, generalmente asociado a conductas inapropiadas, faltas de respeto o actos de desobediencia.

Las "húngaras"

Linares

Fíjese que yo me acuerdo que desde que estaba muy chico, mis papás nos prevenían a mí y a mis hermanos que nos cuidáramos si veíamos a las húngaras, pues ellas se robaban a los niños para venderlos. Pero había gente que decía que esas mujeres hasta se comían a los chamacos.

En aquel tiempo, las húngaras vivían en campamentos cerca de la estación (de tren). Me acuerdo que llegaban en grandes camiones cerrados, como los tráileres de ahora, pero más pequeños.

Como nosotros vivíamos en el ejido San Felipe (al lado norte de las vías), pues siempre sabíamos cuándo esas gentes llegaban al pueblo. Es que siempre nos asustaban con las historias de los niños que ellas se robaban.

Una vez una vecina de nosotros platicó que ella misma vio cómo un niño que se habían robado se escapó por una de las ventanitas del camión y uno de los hombres lo persiguió sin alcanzarlo. Se me hace que esos eran puros cuentos para que nos portáramos bien.

Lo que yo sí creo es que las húngaras eran bien embusteras con la gente. Dizque le leían la mano a uno, y para cuando uno acordaba ya le habían quitado el anillo o el reloj. Otra de las mañas de esas viejas era que si les gustaba algo que uno tuviera, se lo quitaban casi a la fuerza, en base de puros engaños. *Afigúrese* nomás, por decir que uno tenía una chivita o un florero que a ellas les gustaba, entonces decían ellas que se los dieran sino a uno le iba pasar tal o cual cosa mala. Si uno se negaba a darles eso, ellas como que le echaban la maldición y en serio que pasaba lo que habían dicho. Pero si uno accedía a dárselos, ellas le decían lo que teníamos que hacer para evitar que el mal cayera sobre uno o en case* uno.

Los tiempos cambian y las húngaras ya no vienen tan seguido para acá. Ahora llegan a La Petaca, pero se quedan una semana a lo mucho. Y fíjese que ya no se les ve en la calle tratando de adivinar la suerte de las personas ni se dice ahora que ellas todavía se roban a los niños.

Benito Sánchez

Debido a sus costumbres trashumantes, en torno a los gitanos (romaníes o cíngaros) se han generado infinidad de creencias negativas, las cuales, obviamente, son en agravio a su imagen y cultura. Pero esto no es sólo por tratarse de una raza errante, sino también por su lenguaje, su forma de vestir, su manera de vivir y el modo de ganarse el sustento: "leyendo la suerte" o "engañando" a los incautos. Una conjetura muy difundida en México es que los gitanos roban niños para venderlos en otros pueblos, lo cual no es más que una "leyenda urbana" que incrementa esa mala fama.

Otro error es referirnos a ellos como "húngaros", pues no todos los gitanos son oriundos de Hungría; de hecho, ellos conforman una raza sin patria, una raza nómada que habita en casi todos los rincones del planeta.

---

* La casa de.

LOS NAGUALES

LINARES

Siempre se ha sabido que hay gente que tiene el poder de convertirse en naguales, y de aquí se cuentan muchas historias. Será gente que tiene pacto con el demonio, o ¿qué sé yo? Pero de que se vuelven animales y vuelan, eso ni dudarlo.

Hay una mujer que desde hace muchos años dicen que se convierte en lechuza. No vaya a creer que eso que cuentan de que las brujas vuelan en escoba es cierto. No, lo que pasa es que se vuelven pájaro y andan volando en las noches.

Bueno, a esa señora muy famosa ya van varias veces que la pescan por ahí haciendo males. Con decirle que hasta en una ocasión la bajaron del palacio (municipal). Pero no crea que la bajaron a ella. No. Resulta que a pedradas la policía —y eso que son bien coyones*— la dejaron media mensa, y cómo ya sabían quién era, pues fueron a buscarla a su casa. Y ahí estaba la vieja esa, toda atontada, con un moretón en un brazo, exactamente donde le dieron la pedrada a la lechuza. Pero los policías, como buenos sacatones*, le pidieron a la mujer que ya se dejara de fregaderas.

Pero bueno, ese es sólo un caso de muchos que se conocen. Y hay que tener suerte para poder pegarle al animal y tumbarlo, porque donde uno le falle, se le viene encima y hasta te puede matar a rasguños, mordidas o picotazos, depende del animal.

Hay otra manera de tumbar a esos naguales malditos, y es bien efectiva, pero no cualquiera la sabe. Primeramente, uno se tiene que saber las doce verdades** al revés y al derecho. Luego, hay que tener un mecate de fibra virgen y hacer doce

---

* Miedosos.
** Véase "Lechuzas y tecolotes", en el capítulo de **LEYENDAS DE ANIMALES**.

nudos, mientras se rezan las doce verdades. Con ese mecate uno queda protegido para siempre de las maldades de los naguales.

De todas maneras, cuando a uno se le aparece un animal de esos hay que rezar las doce verdades al revés y al derecho; y no me va a creer, pero el animal se cae del árbol o se intrinca, en caso de que sea de cuatro patas, y queda mansito, pues no hay mejor poder que los rezos a diosito. Una vez que ya le ganó al nagual, la bruja o brujo que era se enferma en su casa, y muchas veces ni su poder mismo puede curarla.

Tomás Reséndez

En mitología indígena mexicana encontramos a los naguales, vocablo de la lengua náhuatl que tiene varias acepciones. Una de éstas, y la más difundida, hace referencia a la asociación que se da entre un animal y una persona cuando nace; dependiendo de la hora y día de nacimiento el animal-nagual puede ser benéfico o maléfico. Otra acepción, dentro del ámbito mágico y de brujería, designa a los hechiceros o brujos que tienen la capacidad de transfigurarse en determinados animales. En una tercera interpretación, el término se aplica al líder de una partida o grupo de brujos, según consigna un connotado escritor[***]. Cabe señalar que en el Noreste la palabra se aplica a la primera acepción mencionada, aunque no es muy común.

[***] Carlos Castaneda, en toda su bibliografía, por ejemplo, _Las enseñanzas de don Juan_ y _El don del águila_.

Momias en el Altiplano

Galeana, El Potosí

Allá por los rumbos de Galeana, en una hacienda que está en ese municipio, hace poco corrió el chisme que habían encontrado unas momias en el panteón. No, imagínate, más tardó en llegar el chisme al centro que la gente en arremolinarse en la tumba donde estaban las momias. Creo que eran dos, una de una niña y otra de un señor; y parece que sí eran momias de a de veras, como las de Guanajuato.

Ah, pero todo tiene su razón de ser. Hace dos domingos tuvimos fiesta familiar; uno de mis sobrinitos cumplió años y nos reunimos todos en la casa de mi hermana. Tú sabes cómo son esas reuniones. Este…, bueno, creo que no sabes cómo son cuando nos juntamos puras mujeres; hablamos de niños y pañales y escuelas y cosas por el estilo que a ustedes les aburriría.

Pero bueno, ya como a las ocho se habían ido todos los invitados y nosotras terminamos de recoger y limpiar la casa. Luego nos sentamos en la sala y empezamos a platicar de otras cosas; en eso salió el tema de las momias. Fue entonces que me enteré de algo de la familia que nunca nadie platicó antes.

Todos estábamos medio asombrados con lo de las momias que habían descubierto y fue cuando mi mamá nos platicó que sí, que esa tierra de Galeana es tipo la de Guanajuato: muy buena para conservar los cadáveres.

Se armó la discusión, hasta que dejamos que mamá agarrara la palabra otra vez. Nos explicó entonces que ella estaba muy chica cuando se murió un tío suyo. Lo enterraron en el panteón de un pueblito cerca de Galeana, que creo se llama El Potosí, ¿lo conoces? […] Claro, la hacienda del Potosí, esa. Me imaginé que ya has andado por ahí […].

Bueno, pasaron los años y casi 25 años después en el mismo lugar fueron a enterrar a la hija de aquel tío, o sea a una prima de mi mamá que se había quedado soltera. Todo estaba en orden hasta que al estar escarbando llegaron hasta el cajón del otro difunto. Y no crees que según esto lo hallaron completito, con cabello, su piel arrugada, sus facciones, todo bien conservado; como las momias de Guanajuato.

Nosotros no le queríamos creer, pero mamá afirma que fue cierto porque ella lo vio, no se lo platicaron.

Karly Armendáriz, vecina de Monterrey

La momificación natural, que es distinta al embalsamamiento, es el único proceso mediante el cual pueden conservarse las partes blandas del organismo, siendo varias las condiciones que favorecen tal proceso, como la temperatura, las cualidades minerales del terreno y la cantidad de humedad, entre otras. Los climas secos suelen ser los más propicios para este fenómeno, aunque también se han reportado muchos casos de momias en climas húmedos.

Las momias más conocidas en nuestro país son las de Guanajuato, pero también se han descubierto algunas en estados como Chihuahua y Morelos. Poco se habla de momificación en Nuevo León; sin embargo, al parecer, en la región sureña del Altiplano también hay ejemplos de tan singular fenómeno.

Se le apareció el Diablo

Linares, La Petaca

Vivía aquí en La Petaca un hombre que se llamaba don Eusebio. Fue gente de bien, como todos, pero es posible que haya hecho cosas no muy buenas porque cuando estaba muy grave, en su lecho de muerte, dicen que brincaba de la cama y gritaba: "Ahí viene el Diablo, ahí viene el Diablo." Pobrecito, sufría mucho y sus familiares no sabían qué hacer, pues ellos no veían nada; él era el único que veía esa aparición y gritaba y gritaba: "Ahí viene el Diablo, ahí viene el Diablo" —cuenta una mujer en la iglesia de esta comunidad linarense.

Lo que sí vieron sus familiares fue que afuera de su casa estaba un caballo rascando la puerta y dicen que quería entrar por don Eusebio. Todos pensaron que se trataba del Diablo que había venido a caballo para llevárselo.

Sin embargo, igual es posible que se haya tratado del espíritu de la Muerte, pues ella también viene a recoger a uno cuando le toca. La Muerte tiene muchos rostros y será que cuando uno está en su lecho de muerte ve delirios y tal vez crea que es el Diablo cuando en verdad es la Muerte misma.

Una creencia popular sostiene que una persona moribunda puede, en sus últimos instantes, revivir episodios de su vida, percibir una luz intensa o entrar en estados de delirio. Lo cierto es que nadie sabe con certeza qué ocurre en su mente en esos momentos. Sin embargo, quienes lo acompañan suelen escuchar palabras o frases —a menudo ininteligibles— que el moribundo murmura antes de expirar, y que pueden ser interpretadas de manera literal o simbólica según la idiosincrasia de los dolientes.

En este relato destaca el caballo como motivo mitológico, ya que, entre otras interpretaciones, puede ser una manifestación fantasmagórica o el diablo mismo usando este animal como disfraz. Adicionalmente, y como al final reflexiona la narradora, dentro de la imaginería occidental de la Muerte, a ésta en ocasiones se le representa montada a caballo.

UN ASESINATO EN LA CASA GRANDE DE LA HACIENDA

Doctor Arroyo, Puerto del Aire

Los Clamont vivían en donde está ahora la oficina de los transportes Tamaulipas (de Matehuala, SLP); eran ellos los encargados de la hacienda del Puerto del Aire, una hacienda muy grande allá por rumbo a Doctor Arroyo. Cuando la Revolución, allá mataron a Alfonsito, le mocharon la cabeza. Cuentan que Alfonsito era un muchacho de mucha lectura, que no le gustaba traer pistola y cuando llegó el aviso de que los revolucionarios de Saturnino Cedillo andaban saqueando la hacienda, el papá dijo: "Ojalá tuviera yo un hijo que fuera hombre, que fuera a defender lo nuestro." Eso le caló al muchacho y se fue a defender la hacienda, pero le tocó la de malas y allá lo mataron, lo decapitaron los revolucionarios.

Primero, los revolucionarios mandaron decir que se rindieran, pero ellos no quisieron y se fueron a defender la hacienda; Alfonsito se fue con doce ayudantes. Se parapetaron en el casco de la hacienda y cuando llegaron los cedillistas se armó la balacera que duró toda la noche. A la mañana siguiente ya se les habían acabado las balas a los doce de adentro, mientras que los quinientos cedillistas que estaban afuera seguían disparando. Ya cuando pudieron entrar encontraron a varios hombres heridos y a otros dos los mataron en la torre, pero andaban buscando a Alfonsito que estaba escondido en las caballerizas enfrente de la iglesia de la hacienda. Salió en una yegua y ahí lo mataron. Luego se lo llevaron arrastrando y después de un discurso que dijo el jefe de los revolucionarios colgaron a Alfonsito. Primero lo desnudaron, luego lo colgaron, luego le cortaron los testículos y se los metieron en la boca.

Cuentan que después lo trajeron a Matehuala y lo dejaron en la tienda de su papá para que sirviera de escarmiento.

Hay muchas versiones de ese hecho histórico que con todo lo que le ha ido pegando la gente ya suena más leyenda, que se aparece el ánima de Alfonsito, que se oyen los balazos, que salen chispas entre las paredes. Existen datos, testimonios y registros, como el acta de defunción, que pueden hablar más de la historia, pero la manera como lo cuenta la gente es más de leyenda.

Carmela Alcocer y Tomás Ferrándiz, de Matehuala, SLP

Bien se sabe que muchas leyendas tienen como origen un suceso histórico, por lo general trágico. Tal es el caso en este relato de casi historia oral sucedido en una hacienda del sur de Nuevo León, en el municipio de Doctor Arroyo que colinda con el municipio potosino de Matehuala, donde vivían los administradores de la citada hacienda.

OTRA CUEVA DE PEDRO JOSÉ

GALEANA

Ya los *buelos* de uno *traiban* ese mequetreque *quesqu'*en una cuev'allá p'arriba, un *pelao* de antes, el *mentao* Pedro José, dejó un montón de billetes. Ese Pedro José era pero bien *disgraciao*, se robaba por ahí lo que podía y luego se *traiba* todo a esa cueva que le digo.

Pero fíjese que no todos l'entran a ese lugar, *pos* dicen qu'está maldito. Y ha de ser porque, mire, cuando uno va con el mero propósito de buscar la riqueza, nomás en llegando se hace un ventarrón, *ansina* com'un remolino d'esos que ya no se usan, y cualquiera corre del puro miedo —por el susto, ¿*vedá*? Ha de ser el mismísimo Diablo que no deja que uno se acerque.

Por ahí luego cuentan de gente que se han metido y salen turulatos de a tiro. Aquí muchos han andado con el brete, pero que yo sepa ni uno se h'atrevido a meterse a la móndriga cueva.

Pero le voy a platicar: yo tengo una comadre que me bautizó un chamaco. Ella venía de allá por Burgos (Tamaulipas), pero vivía en Allende y l'*inteligía* a eso de los espíritus. Yo no sé, pero mi comadre aseguraba que hablaba con los muertos; como era curandera... Uh, d'eso ni dudarlo, porque aquí *mesmo* un día que se puso malancona una señora, mi comadre la curó con puros rezos, humos y barridas.

Un día me preguntó: "Oiga, compadre, ¿*usté* no sabe p'allá *onde* Pedro José?" Le dije que no, pero que si ella quería, yo la llevaba con un amigo que sí conocía el rumbo. Como dijo que sí, *pos* nos fuimos con Damián. Él 'tuvo de acuerdo, pero con tal de que no l'obligaran a meterse a la móndriga cueva.

Pasaron los *diyitas* y regresó mi comadre acompañada d'un doctor de Monterrey, creo qu'era. Fuimos con Damián y ellos ganaron pa' la sierra. La comadre me aseguró que más tarde pasaba de regreso, pero nunca más la he vuelto a ver. Yo me quedé'sperando en la labor todo el día y ya nomás *pardiaba* cuando *vide* cómo pasó la *yipa* levantando harta polvareda. El zonzo de Damián, como no se arrimó, no *vido* si mi comadre sacó algo de ahí. Pero yo le digo, pa' mí que sí sacó algo porque ya nunca volvió por acá, ¿eh? L'única razón qu'hemos tenido d'ella es que se casó con el doctor y qu'están bien ricos.

Pa' mí que la comadre llevaba máscara y velas y también inciensos y se puso a rezarle al espíritu de Pedro José pa' que la dejara llevarse algo. *Pos* no l'era difícil, porqu'ella hablaba con cualquier muerto. Se me *afigura* qu'ella y el doctor hicieron trato con Pedro José, si no n'hubieran salido vivos de ahí.

Marco Antonio González Alejandro

Pedro José es un personaje del folklore de la zona serrana del sur de Nuevo León y parte de Tamaulipas, una especie de héroe cultural de quien, se dice, fue el último indígena de pura sangre que vivió en el estado. Existen muchas leyendas de él en municipios como Galeana, Iturbide, Linares y Hualahuises.

En este relato se mencionan elementos convencionales de las leyendas de tesoros, como son la cueva maldita y los ventarrones o remolinos misteriosos. El narrador añade otros elementos como, por ejemplo, la bruja que sabe hacer pactos con los espíritus y gracias a ello le fue posible sacar el tesoro de la cueva encantada.

Un pueblo encantado*

Mier y Noriega

Cuando tenía yo los diez años cumplidos, *ansina* casi de milagro me curé de una tara que *traiba* yo de nacimiento, o sea que nací *ansina* renco de la pata zurda qu'estaba metida *ansina* d'este lado y comoquiera caminaba y no me recuerdo que doliera. Me curé casi de milagro y le voy a contar cómo fue. *Buelo* Chinto tenía un hermano que desde *chicualío* se desapareció cuando andaba campeando un ganado allá par'el lado de San Antonio (de Padua), pero más p'acá porque allá ya es Tamaulipas. Estaba *chicualío* su hermano Chay —yo me llamó por él, Eleazar pero me dicen Chay también— cuando un día no volvió al rancho. Lo buscaron y hallaron a todo el ganado, pero a él nomás no lo hallaron ni a un perro. Lo buscaron y lo dieron por muerto y eso que siguieron el rastro de las auras —el vuelo de las auras, ¿*vedá?*— y nada que lo hallaron y hasta buscaron en las hoyas de que se *haiga* caído en una porque hay varias hoyas por estos rumbos, y nada. Pasaron muchos años y mi padre creció y sus hermanos también y mi padre se casó y nacimos mis hermanos y yo y mis hermanas. Me recuerdo que platicaban de un hermano de mi *buelo* que se había perdido en los cerros y nomás.

Cuando yo tenía los diez años cumplidos, no cree que de la nada apareció tío Chay, o sea el hermano de mi *buelo*. Llegó como si nada. Estaba joven él y yo lo conocí, pero yo lo conocí joven y no viejo como *buelo* Chinto que ya en el tiempo que le cuento estaba pasita. Dijo tío Chay que vivía en un pueblo de los indios y contó cosas que uno de chamaco se asombra, pero mi padre y mi abuelo y los mayores no *creiban* nada. No eran

---

* Esta leyenda fue publicada en un tono más literario en la 2da. edición de *Mitos y leyendas de huachichiles*. 2024, disponible en Amazon.

posibles esas cosas. Tío Chay cuando nos vio a mí y a Raquel, mi hermana qu'estaba pispirinda** de los ojos, le dijo a mi padre que nos iba llevar con un doctor. Mi padre me acuerdo que nomás hasta se rió porque de dónde iba a sacar centavos par'un doctor y mi *buelo* tampoco tenía. Tío Chay dijo que no era cosa de centavos y qu'él arreglaba eso.

Tío Chay nos llevó al pueblo donde vivía; fuimos mi hermana, mi padre, *buelo* Chinto y también más gente, pero no me recuerdo bien quiénes fueron también. Salimos rayando el sol y anduvimos por los llanos hasta que llegamos a unas lomas y allá llegamos a un pueblo como usted no se imagina. Cuál Mier y Noriega ni cuál Ciudad Victoria. No, señor, ¡una chulada de pueblo! Todo bien arreglado, calles limpias, todo fresco, *munchos* árboles. Fuimos a la casa de tío Chay y conocimos a su mujer, una mujer grandota, fuerte, pelo largo negro, pelo liso muy negro, brillante y a los hijos los conocimos también. Nos puso ella de comer comida muy sabrosa que no podría decirle qué era —a lo mejor ratita de monte o víbora, no sé—, pero sabrosa como nunca antes y nunca después. *Ansina* de hambre *tráibanos*, digo yo, y eso que *llevábanos* bastimento.

[...] Cuánto tiempo estuvimos allá, mire que no sé. Pero no l'echo mentiras, pero un día nos llevó tío Chay con el doctor qu'era un señor descamisado, sin huaraches, no *traiba* sombrero, con la cara pintada de rojo y amarillo, que quién sabe qué dijo porque no l'entendíamos como me recuerdo que tampoco l'entendíamos a la mujer de tío Chay ni a los primillos porque hablaban la lengua de los indios. El doctor *ansina* nos aventó a un charco a mí y a mi hermana y, no l'echo mentiras, salimos curados. En el charco el doctor me jaloneó la pata y ya. A mi hermana Raquel le sobó los ojos y ya. Yo pude caminar sin andar renco y Raquel mi hermana se curó de los ojos pispirindos.

Le digo, no sé cuánto tiempo estuvimos en ese pueblo, pero cuando volvimos acá, mi madre dijo que *habíanos* estado fuera como cosa de dos años. Uno a esa edad no pregunta, pero ahora que lo pienso digo yo que dos años fueron *muncho*

** Bisca, turnia.

tiempo porque yo me recuerdo que a lo mucho habrán sido como —qué será— unas dos semanas, digo yo.

[...] Sí, bueno, tío Chay nos trajo de vuelta y él se fue de retache con su familia y nunca más volvió para acá; yo no lo volví a ver. ¿Dónd'era ese pueblo donde él vivía? No me pregunte porque no sé, pero en esos rumbos a donde fuimos cuando yo tenía diez años cumplidos no hay pueblos ni ranchos ni nada y se lo digo por experiencia porque yo he campeado animales por todas partes, he andado en el asunto de la lechuguilla, cuando estaba más joven *llevábanos* el ixtle o el [ganado] semoviente hasta Matehuala (SLP) o acá por la sierra *íbanos* hasta Bustamante (Tamaulipas) y también *íbanos* a Jaumave o hasta Tula. Puedo decirle que conozco bien todo por acá y nunca he dado con ese lugar de los indios. Ha de ser un pueblo encantado, digo yo.

Eleazar Gómez, pastor

En todas las culturas existen relatos, leyendas y hasta testimonios relacionados con la alteración espacio-temporal. En ellos se habla de realidades paralelas, es decir, de la existencia de lugares tan reales como el habitual, pero invisibles en lo cotidiano y son arquetipos de lugares "encantados". Cuando alguien, de manera fortuita o por conocer el acceso, llega a un lugar así, puede interactuar o no con los pobladores y cuando regresa a su mundo cotidiano se percata de que estuvo ausente más o menos tiempo del que creía. Por ejemplo, unos relatos explican que la persona creyó haber estado pocos días o pocas horas en otra realidad, pero a su regreso han pasado muchos años; ya es una persona anciana. O bien, entró a un lugar así, estuvo muchos años, se hizo viejo allá, pero cuando regresa sigue siendo joven, tal como era cuando se fue.

CRÉDITOS

Imágenes creadas con Generador de imágenes de Designer con tecnología DALL E 3: pp 30, 48, 111, 123, 136, 168 y 170.

Imágenes creadas con ai-image-generator de Bing con tecnología GPT-4o: pp 22, 24, 32, 34, 38, 42, 44, 52, 62, 78, 92, 117, 138 y 142.

Fotografías especiales tomadas de Internet (recuperadas en primavera de 2024):

P. 20: https://www.facebook.com/CulturaGuerrerense/photos/a.1915035382227305/

P. 26: De Jeff Carter / HowStuffWorks - https://www.flickr.com/photos/cartercomics/141058618/in/photostream/, CC BY 2.5, https://commons.wikimedia.org/w/index.php?curid=66221596

P. 36: https://www.elsoldecuernavaca.com.mx/cultura/uso-simbolismo-y-folklor-de-las-aves.-un-dialogo-con-los-saberes-locales-3891656.html

P. 40: https://mascotaspara.com/sabias-los-perros-aullan-la-noche/

P. 50: https://www.mexicoenfotos.com/store/topics/vintage/historia-de-mexico/revolucion-mexicana/1/MX15586347683795.html

P. 58: https://www.facebook.com/photo/?fbid=193180362604294&set=a.193180342604296

P. 60: https://sic.cultura.gob.mx/ficha.php?table=centro_cultural&table_id=2412

P. 76: https://www.mexicoenfotos.com/estados/nuevo-leon/
hualahuises/iglesia-de-san-cristobal-MX12223735413471

P. 107: https://es.pinterest.com/pin/121175046202733517/

P. 122: https://www.gob.mx/conagua/articulos/
el-tesoro-del-danes?idiom=es

P. 134: https://pueblosmagicos.mexicodesconocido.com.mx/
nuevo-leon/linares-nuevo-leon/

P. 152: https://pueblosmagicos.mexicodesconocido.com.mx/
nuevo-leon/linares-nuevo-leon/

P. 155: https://tipsparatuviaje.com/cerro-de-la-silla-monterrey/

P. 164: http://www.guadalhorce.net/noticias_ampliar.php?id=6
8513&comesfrom=columnista.php

P. 174: https://www.guioteca.com/fenomenos-paranormales/
de-donde-viene-la-creencia-de-que-los-gitanos-pueden-
orientar-a-las-personas-sobre-el-futuro/

P. 182: https://www.deviantart.com/lundyemerald/
art/I-will-break-down-this-door-599502257/

9 786072 930421